D1538890

¡Polizón a bordo!
(El secreto de Colón)

1.ª edición: noviembre 2005

ISBN: 84-667-4749-4
Depósito legal: M.44.299/2005
Impreso en ORYMU, S. A.
Ruiz de Alda, 1. Polígono de la Estación
28320 Pinto (Madrid)
Impreso en España - Printed in Spain

¡Polizón a bordo!

(El secreto de Colón)

Vicente Muñoz Puelles

Ilustración:
Federico Delicado

ANAYA

Índice

I

AL PIE DE LA GIRALDA

El testamento del Almirante

Pienso en él y lo primero que veo son sus ojos, esos ojos azules casi transparentes, con los que parecía atravesarle a uno y mirar más allá, siempre más lejos.

Otros le llamaban Capitán, Virrey o Gobernador general de las Islas y Tierra firme, pero para mí Cristóbal Colón fue siempre el Almirante. Así le gustaba que le llamasen: Almirante de la Mar Océana. Era un título que le habían dado los Reyes Católicos, poco antes de que se embarcara, y yo con él, pero escondido, en aquel viaje del descubrimiento que cambió nuestras vidas y las de todo el mundo.

Desde entonces han pasado catorce años, que se dice pronto. Yo era un niño y ahora no lo soy, o al menos ya no lo parezco. Digo esto porque a veces se crece más por fuera que por dentro, y en muchos hombres sigue latiendo, aunque con disimulo, el corazón de un niño.

Hoy he vuelto a acordarme del Almirante porque he recibido una carta de Valladolid, donde está la Corte.

Hernando, el más joven de los Colón, me escribe para contarme que su padre murió el veinte de mayo, «agravado de gota y del dolor de verse caído de su estado y agravado también con otros males».

He tenido que leerlo varias veces para entender que hablaba del Almirante.

Había ido a Valladolid a reclamar sus derechos sobre las tierras descubiertas en sus cuatro grandes viajes. Pero el Rey, que se ha quedado viudo, ha inventado mil excusas para no recibirle. Y es que el Almirante siempre se llevó mejor con la Reina.

Esperando la audiencia real, ha muerto en una simple posada. Le acompañaban su hermano, sus hijos y algunos sirvientes.

Mientras, las Indias van poblándose y generando riquezas, y aquí donde yo trabajo, en la Casa de Contratación o Casa del Océano, como la llaman los sevillanos, todos los días nos piden nuevas licencias para enviar barcos al Nuevo Mundo.

Porque es un mundo nuevo, como no se cansa de repetir Amerigo Vespucci:

—¿Sabes, Gonzalo? Allí hay más pueblos y más animales y plantas que en Europa, Asia y África juntas. Y unas playas larguísimas, llenas de innumerables habitantes, que van desnudos. No necesitan arar ni trabajar la tierra. Y el aire es más templado y suave que en cualquier otra de las regiones que conozco.

Amerigo me cuenta esto como si yo no lo hubiera visto con mis propios ojos y respirado con mis pulmones.

En cuanto al nombre, el Almirante siempre fue precavido; había repetido tanto, durante tantos años, que navegando hacia el Oeste uno tenía que llegar a las Indias, que se negaba a llamarlas de otro modo.

Ni siquiera lo de las Indias Occidentales le gustaba. Para él eran las Indias a secas, y sus habitantes los indios.

Sin embargo, en ocasiones dudaba. Un día, en la isla de Cuba, viendo la selva tupida y los loros con plumas como gemas, me preguntó:

—¿Qué no habremos encontrado el Paraíso perdido, del que Adán y Eva fueron expulsados?

Pero me estoy adelantando, o no cuento las cosas en el orden debido.

En su carta, Hernando me dice que, un día antes de morir, su padre hizo testamento. Diego, el hijo mayor del Almirante, fue nombrado heredero universal de sus bienes y de sus títulos. Hernando recibirá cada año una parte de las rentas.

Hay también cantidades más o menos importantes para unas personas a las que ni él ni yo conocemos. Hernando cree, y yo también, que son el pago de antiguas deudas: dos mil quinientos reales para los herederos de cierto mercader de Génova; medio marco de plata para un judío residente a la entrada de la judería de Lisboa; cien ducados para un piloto portugués o para sus herederos.

Y para mí, un pequeño lío o envoltorio sellado con lacre. Hernando se excusa por no habérmelo enviado con la carta. Ha de transcurrir cierto plazo, no me dice cuánto, por si alguien está en desacuerdo con el testamento y pide que lo invaliden.

No imagino qué puede contener ese envoltorio, sino el dinero que el Almirante me debía en estricta justicia.

Pero, entonces, ¿por qué no consta en el testamento la cantidad exacta, que son diez mil maravedíes más, claro está, los intereses que podrían haberse generado en estos catorce años?

Quizá porque asignarme esa cantidad por escrito sería como reconocer lo que muy pocos saben: que, en 1492, un niño llamado Gonzalo vio las Indias antes que nadie.

Al pie de la Giralda

Tendría yo unos ocho años cuando mi padre me trajo a Sevilla y me llevó hasta la Giralda.

—¿Has visto qué torre tan grande? —me preguntó, y me puso una mano en el hombro—. Si te quedas aquí, mirando hacia arriba, verás un caballo moro que asoma por la parte más alta. Pero, si bajas la cabeza, el caballo moro se esconderá y no volverá a salir.

—¿De qué color es el caballo?

—Como la tierra oscura. Y lleva adornos por todas partes, como lentejas de colores.

Levanté la cabeza y me quedé mirando hacia la parte más alta de la torre, porque tenía muchas ganas de ver aquel caballo.

Al cabo de un rato me pareció que el cielo se movía. ¿O era la torre, que oscilaba y estaba a punto de caer sobre mí y aplastarme? Mareado, di un paso atrás y acabé bajando la cabeza.

Mi padre no estaba. Giré sobre mí mismo, como una peonza.

—¿Padre? ¡Padre!

Eché a correr por la plaza. Busqué al otro lado de la torre. Bajé y subí por las gradas de la catedral, trope-

zando con la gente y llamándole a gritos. Salté sobre unas largas cadenas que sostenían unas pilastras. Entré en un patio lleno de árboles, lo atravesé y volví al pie de la Giralda.

—¡Padre, padre!

¿Y si había tenido que irse por alguna necesidad mientras yo miraba hacia arriba, y había vuelto por mí cuando yo estaba en otro sitio? Temí haberlo perdido por mi impaciencia, y me quedé quieto, convencido de que también andaba buscándome y de que aparecería en cualquier momento.

—¡Niño! ¿Te convertiste en estatua o te mordió una serpiente?

Así me hablaban unos chicos, que se burlaban de mis apuros. Eran tres. Dos de ellos me arrojaron piedrecillas de un montón de grava. No les hice caso y se acabaron marchando.

Pasaron las horas, al son de las campanas de iglesias y conventos, y las sombras se hicieron mayores y más densas.

Poco a poco, la preocupación por lo que le habría ocurrido a mi padre fue dando paso al miedo por lo que podía sucederme a mí. Nunca había estado en Sevilla, no conocía a nadie, no tenía alimentos ni sabía cómo conseguirlos. Había llevado hasta entonces la vida despreocupada de los niños en el campo, y el pánico parecía haberme borrado hasta los recuerdos más antiguos.

De mi padre, aún me parecía escuchar aquella voz que me invitaba a mirar la torre, y si me esforzaba aún sentía su mano en mi hombro, esa mano que luego había apartado sin que lo notara. De mi madre, mal podía acordarme, porque había muerto poco después de traerme al mundo.

En algún lugar, cuyo nombre no había llegado a aprender, había una charca verdosa, con ranas de ojos saltones, y una casa blanca, fresca y acogedora, con un escaloncillo en la entrada.

Tenía hambre y sed, pero no me atrevía a moverme por si mi padre volvía.

Llegada la noche, me recosté contra la Giralda, justo donde hay unas grandes piedras con letras romanas que, según cuentan, los moros aprovecharon para levantar la torre.

Entre lágrimas silenciosas, veía pasar a los transeúntes. La mayoría eran bultos oscuros, pero algunos llevaban antorchas o candelas.

Cansado por tantas emociones, me dormí. Pero a ratos oía ruidos de cascos y de carruajes.

Soñé que el caballo moro, un caballo de color tierra con adornos como lentejas de colores, había bajado de la torre y me miraba con unos ojos de pestañas muy largas.

De madrugada, me entró un miedo terrible a despegar los párpados, porque aún tenía la esperanza de que nada de aquello me hubiese ocurrido. Pero toqué la piedra que me había servido de almohada y comprendí.

La ciudad despertaba y el sol esparcía su clara lumbre sobre los edificios de la plaza. Se oían cantos de gallos, ruidos, voces alegres. Los sevillanos volvían a discurrir por las calles.

Busqué con los pies los zapatos que me había quitado para descansar, y no los encontré. En el campo no los habría echado de menos, pero aquí, en la ciudad, era como si me hiciesen falta. Tuve el presentimiento de que, si me quedaba mucho tiempo en Sevilla, acabaría perdiéndolo todo.

Los mendigos de la catedral

Hombres en actitud de abandono yacían en las gradas de la catedral. Al verlos desde el otro lado de las largas cadenas, daba la impresión de que habían sido encadenados durante la noche.

Uno de ellos, al oír que pasaba gente, se incorporó un poco, puso los ojos en blanco y extendió una mano.

—¡Señores, por caridad, socorran a este pobre ciego! —gritó con voz lastimera.

Se había colocado el sombrero entre las piernas. Dos hombres ricamente vestidos se le acercaron y uno de ellos le arrojó monedas.

Me acerqué yo también, lleno de curiosidad, porque era el primer ciego que veía. Debió de notar mi aproximación, porque tomó el bastón y, apuntándome con él, me puso a raya.

—¿Dónde vas, rufián? ¡Quieto ahí! ¿No sabes que mi limosna es mía y que los ciegos tenemos oídos de murciélago?

Me fui corriendo, asustado y pensando cómo serían los oídos de los murciélagos.

En una plaza se alzaba una fuente, con un caño que sobresalía de una boca mofletuda. Bebí largo rato. Al

calmar la sed, las punzadas del hambre cedieron un poco y me pareció que hasta la soledad se hacía más llevadera.

Atraído por el bullicio, me dirigí al río siguiendo el contorno de la muralla y salí por la puerta que dicen del Carbón.

El día anterior, mi padre y yo habíamos entrado por aquella misma puerta o por una parecida. Pero las circunstancias eran distintas. Yo iba contento y bien alimentado, y me dejaba guiar. Ahora estaba solo y tenía dos preocupaciones: buscar a mi padre y encontrar algo que llevarme a la boca.

No sé cuántas embarcaciones había fondeadas. Algunas eran de buen tamaño. Según les daba la luz del sol, al pasar entre las nubes, unas brillaban y otras se oscurecían, y era como si cambiaran de forma.

Lo mismo sucedía con los botes de remos, que circulaban entre los barcos o cruzaban de una orilla a otra. Tan grande era Sevilla que también se desparramaba por la margen opuesta.

Estaba mirando el movimiento de mercancías y de gente cuando un marinero con un bonete rojo me dijo algo que no entendí. Sin duda era extranjero, pero entonces yo ni siquiera sabía que hubiera otros idiomas, y me sentí muy torpe.

A veces el corazón me daba un vuelco, porque creía reconocer a mi padre en un hombre al que veía de lado o de espaldas, empujando una carretilla o llevando un tonel. Aún no había abierto la boca para llamarle cuando ya comprendía que era otro.

Mis pasos me llevaron hasta un puente de madera, que se sostenía sobre unas barcas. Lo crucé, maravillado por su hechura, y acaricié la idea de continuar andando y de buscar mi aldea natal por los caminos. Pero, aunque estaba seguro de que aquel era el puente que habíamos cruzado el día anterior, no me atreví. Temía perderme más de lo que estaba.

Así que regresé por donde había venido. En las gradas de la catedral seguían apostados los menesterosos, entre ellos el ciego. También había un manco, y otro hombre que enseñaba al sol sus piernas llagadas.

Di la vuelta a la torre. La ilusión de que mi padre hubiera vuelto en mi ausencia se desvaneció como un soplo.

Junto a la puerta del Carbón había visto una aglomeración de tenderetes y puestos de comida. No había querido pedir una fruta ni arriesgarme a cogerla, y ahora lo lamentaba, porque estaba demasiado cansado para volver.

Pensé en el ciego, enseñando el blanco extravío de sus ojos. Me senté en el suelo y tendí el brazo, esperando una limosna. Pero al mismo tiempo sentía vergüenza, y callaba en vez de pregonar mis desdichas.

Pasó el tiempo sin que nadie se acercara.

—¡Una limosna para este pobre niño! —grité de pronto.

Era la necesidad, que hablaba por sí sola.

—¡Una limosna para este pobre niño! —repetí.

Se me quebró la voz. Era como si, con cada lamento, mi situación empeorase y me hundiera en un pozo.

Rompí a llorar, con la cabeza gacha.

Ya se me habían acabado las lágrimas, y el hambre acuciaba, cuando alguien me preguntó:

—¿Tan mal estás?

Al levantar la cabeza reconocí a uno de los chicos que se habían burlado de mí el día anterior.

El Rizos

Era desgarbado, de piel aceitunada. En medio de la frente, por lo demás alta y despejada, un rizo negro le colgaba como un resorte.

Le conté, entre sollozos, que había perdido a mi padre y que lo necesitaba, porque era demasiado pequeño para cuidar de mí mismo.

—Lo que pasa es que estás asustado —repuso—. Pero no eres el primer niño al que le hacen eso. Te diré una cosa: mi padre también lo hizo, y yo era más pequeño que tú.

—¿Qué es lo que hizo?

—Anda, pues me dejó, igual que a ti.

—Mi padre no me ha dejado —protesté, dolido.

—Eso es lo mismo que yo creía al principio —declaró el chico, y se sentó en cuclillas, a la usanza mora—. Pero tarde o temprano todos lo hacen. Lo que no entiendo es por qué nos tienen.

—¿Qué dices?

—No eres muy listo, ¿verdad? Pues, cuanto antes te enteres, mejor. Por algo este lugar se conoce como el Espabiladero. ¿Cómo te llamas?

—Gonzalo.

—Yo, Juan. También me llaman el Rizos. Pues esa es la costumbre, Gonzalo. Cuando un niño sobra, o no pueden mantenerlo, si es muy pequeño lo dejan a la puerta de un convento, y si está crecido y creen que puede ganarse la vida lo traen aquí y le cuentan esa historia del ángel.

—Yo no sé nada de ningún ángel.

—¿De veras? ¿Y qué historia te contaron a ti?

—Mi padre me habló de un caballo.

—¡Un caballo! ¡Un caballo en una torre! —exclamó Juan, dándose una palmada en el muslo—. ¿Dónde se ha visto? Eso no me lo habría creído ni yo.

No sé de dónde saqué el ingenio para responderle:

—Pues yo no me habría creído lo del ángel.

Juan me miró muy serio, como si no supiera interpretar mis palabras. De pronto, soltó una carcajada.

—Pero, oye, ¿ayer no llevabas zapatos?

Le expliqué que me los habían robado durante la noche.

—¿Viste quién era?

—No.

—Si llevas zapatos y te los quitas para dormir, tienes que esconderlos bajo la camisa —se levantó—. Quédate aquí y no te muevas, pase lo que pase.

Volví a pensar en mi padre. A Juan, al menos, le veía irse.

Algunos querían que hiciese guardia en la plaza, pero otros estaban empeñados en que me fuera. Ya hacía rato que Juan se había marchado cuando los dos chicos que me habían tirado piedrecillas el día anterior llegaron y empezaron a molestarme.

—Niño, te han visto pidiendo limosna —me acusó uno, con cara de pocos amigos.

Y el otro:

—No puedes estar aquí, y menos sin pagar. ¿Cuánto te han dado?

Les aseguré que no me habían dado nada, pero no me creyeron.

Comprendí que no tenía escapatoria. Se habían acercado mientras hablaban, y eran mayores que yo y más fuertes.

—Yo me iría —les dije—, pero Juan me ha pedido que me quede.

Su actitud cambió en seguida.

—¿Juan el Rizos? ¿Le conoces?

—Es amigo mío —alardeé.

—Pues él no nos ha dicho que te conociera.

Juan ya se acercaba, con mis zapatos en la mano. Les hizo una señal y se alejaron.

—Son de mi cuadrilla. ¿Te pidieron dinero? —me preguntó.

—Sí.

—Anda, ponte los zapatos.

—¿Dónde los encontraste?

—Me los dieron. Te los quitaron por equivocación. ¿Y esa música?

—Mis tripas —me reí, olvidando las penas.

Juan me dio una palmada en un hombro.

—Anda, vamos —me dijo—. Habrá que buscar algo para contentarlas.

Mozos de cuerda

Juan me llevó a una taberna. Cené con apetito, sin fijarme siquiera en lo que tragaba. Sí me acuerdo del vino, que era muy dulce.

Mi nuevo amigo me hablaba como si yo tuviera su misma edad. Pero a ratos me costaba entenderle.

Según él, Sevilla era la patria del ingenio. Así que, al dejarnos allí, nuestros padres no andaban descaminados del todo.

—No hay otro lugar en el mundo donde puedas aprender tanto. De aquí han salido los mejores marinos y los mejores ladrones. ¿A que no sabes cuántas clases de ladrones hay? —Empezó a enumerarlas con los dedos—. *Altaneros*, cuando entran por el tejado o por la ventana; *pescadores*, si llevan herramienta; *murciélagos*, cuando salen de noche.

Le hablé del ciego de las gradas, que presumía de tener oídos de murciélago, y me explicó que era cierto que esos animales oían muy bien, porque si uno les sacaba los ojos seguían volando sin tropezar, y eso era porque se ayudaban con los oídos.

—Pueden ver con ellos —añadió—. Me gustaría saber cómo lo hacen.

Le pregunté si tenía un oficio.

—¿Oficio? —repitió, y se tiró del rizo—. Yo cambio de oficio cada día. Ayudo a mis amigos, estoy atento a lo que sucede en la calle y trabajo en lo que sale.

—¿Eres el jefe?

—No, en la cuadrilla no hay jefe. Pero me respetan.

Me dijo que los mendigos pagaban hasta un real al día, según el lugar que ocupaban, y que a cambio recibían protección. Si alguien intentaba aprovecharse de ellos, los de la cuadrilla se lo impedían.

—Y el ciego, ¿también paga?

—Los ciegos pagan más, porque reciben mayores limosnas. Y más ese, que es ciego de nacimiento y hasta sabe distinguir por el sonido a los caminantes pobres de los ricos.

—¿Cómo lo hace?

Juan se encogió de hombros.

—Dice que los ricos pisan con más aplomo y elegancia. Pero tú no has de ser mendigo ni maleante, si no quieres —me sonrió afectuosamente—. Mañana te enseñaré a ganarte la vida, sin pedir limosnas ni pasar tanto peligro.

Salimos de la taberna y me llevó a un barrio de calles estrechas y perfumadas. Esa noche dormí de un tirón, en un mesón poco ventilado pero limpio.

Al día siguiente, temprano, Juan me despertó. Me dijo que iba a enseñarme el oficio de mozo de cuerda, que consistía en llevar cosas de carga y hacer recados.

Fuimos al mercado de la puerta del Carbón, donde compró un capazo de esparto y un cordel para cada uno. Con el cordel al hombro, para poner de manifiesto nuestra disposición, nos quedamos allí mismo, esperando que solicitaran nuestros servicios.

No tardó en ocurrir. Un criado de casa acomodada le escogió a él, pero Juan le dijo que yo necesitaba aprender, y que por el mismo precio podía tenernos a los dos.

Acompañamos al criado mientras hacía la compra, que era variada y abundante, como para un banquete, y se la llevamos a una casa de puerta de mármol y patio de azulejos, en el barrio de Santa Cruz.

Nos pagaron y con los capazos vacíos volvimos al mercado. Antes de llegar ya nos habían contratado otra vez, para ayudar en una mudanza.

Así de trabajo en trabajo, transcurrió el primer día. Como no tenía costumbre de llevar pesos, acabé con la espalda y los hombros doloridos.

Desde entonces, unas veces en compañía de Juan y otras solo, iba a los mercados o al puerto y llenaba el capazo con lo que fuera: carne, pescado, fruta o artículos recién llegados de Lisboa o de Génova. Luego los llevaba a su destino.

A los dos meses ya me sabía Sevilla de memoria, y me orientaba sin necesidad de hacer preguntas.

Sacaba un par de reales diarios, de los cuales tenía que entregar uno a cierto personaje misterioso, a quien Juan llamaba el Señor de las Tinieblas, como si fuera el diablo.

A cambio, el Señor de las Tinieblas me pagaba la cama y la comida. Nunca lo vi, y ahora sospecho que era el mismo Juan.

—¿Por qué me ayudas? —le pregunté un día.

—Porque somos amigos. Además, al verte pienso en mí, cuando vine a Sevilla.

Por consejo suyo, siempre llevaba mis ahorros encima, en una bolsa de cuero atada al cuello.

En la ciudad había varias casas de juego. Juan las frecuentaba, pero decía que yo era demasiado joven y no me dejaba acompañarle.

De vez en cuando, en el trabajo, Juan cometía fraudes y pequeños hurtos. No lo necesitaba, y creo que lo hacía por costumbre o por vicio.

—Los ricos tienen tanto —me decía— que nunca lo notan.

Ocasiones no le faltaban. A menudo nos adelantaban el dinero, para que nosotros mismos hiciésemos la compra. O se limitaban a darnos unas señas para que entregásemos la mercancía, de modo que fácilmente podíamos quedarnos con todo o con una parte.

En descargo de Juan diré que nunca me pidió que le ayudara en sus truhanerías. Es más, algunas noches, después de pasar por la catedral, donde se citaba con la cuadrilla, me enseñaba la cárcel, un edificio grande y maloliente que se alzaba cerca, y me aseguraba que aquel sitio era peor que el mismo infierno.

—¿Estuviste ahí dentro? —le pregunté una vez.

En lugar de contestarme me dio un consejo:

—Si un día te persigue la justicia, Dios no lo quiera, solo tienes que pasar al otro lado de esas largas cadenas que hay junto a la catedral. Si lo haces, quedarás bajo la protección de la Iglesia, y los alguaciles no podrán seguirte.

Le miré a la cara, sin saber si él mismo creía en lo que acababa de contarme.

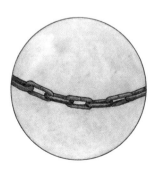

Simonetta

Algunas tardes, a la hora de más calor, me sentaba sobre una pila de troncos, en el puerto, y me quedaba mirando los barcos que poblaban el río. Intentaba imaginar de dónde venían y adónde iban, pero mis conocimientos de geografía eran demasiado pobres. No podía adivinar, ni mucho menos, que algún tiempo después mi suerte estaría unida a algunos de esos barcos.

Llevaba ya dos años en Sevilla cuando me pidieron que recogiese unos terciopelos y satines de un almacén y los entregase en la calle del Aire, en casa de un tal Berardi. El portero me dejó pasar, subí por una escalera y dejé la mercancía en una estancia muy iluminada, donde unas mujeres hilaban y tejían un tapiz.

Camino de la calle, vi desde el pasillo a una niña de unos trece años, que leía un libro.

Hasta entonces había visto pocos libros, pero sabía lo que eran: hojas de papel cosidas entre dos tapas y cubiertas de garabatos, que solo tenían sentido para los entendidos.

La niña parecía intensamente concentrada mientras recorría las líneas con la mirada. Solo sus labios se movían un poco, como en un susurro.

Tenía la frente alta, los rasgos menudos y la piel muy pálida, como si se reflejara en ella la blancura de las páginas.

Yo estaba muy impresionado, porque creía que los libros eran cosa de abogados y de curas, y pensaba, en mi completa ignorancia, que en ellos no había nada que pudiese interesar a las mujeres, y menos a las niñas.

Además, ella me gustaba. No se parecía a las otras niñas, de piel de oliva y ojos de avellana y carbón, que se asomaban tras las macetas cuando pasaba por la calle, o me sonreían en el mercado, entre la gente.

No quise interrumpirla, y tampoco hubiera sabido qué decirle. Seguí andando y bajé por la escalera que daba a la calle. No esperaba volver a verla, pero me acostumbré a pensar en ella de vez en cuando.

Días después, los Berardi volvieron a pedir mis servicios. Al parecer, alguien de la casa había alabado mi diligencia.

No la vi al entrar y tampoco al salir. Pero el libro yacía sobre una mesa, en la misma habitación donde ella, en mi visita anterior, había estado leyendo. Sin apenas darme cuenta, entré y lo cogí.

Estaba encuadernado en pergamino, con estampaciones en oro y dos cintas rojas.

Lo abrí, con la vaga esperanza de entender algo, y me sentí muy triste, porque el significado de todo aquello se me escapaba. Lo más doloroso era que percibía un orden en las páginas y en las líneas y comprendía que el libro estaba hecho para ser leído, pero no por mí.

Por un momento acaricié la idea de robarlo.

Me lo llevé a la cara, para sentir su tacto en la mejilla, y de pronto supe que ella estaba allí.

Me di la vuelta. Era algo más alta que yo. Tenía los ojos verdes y una sonrisa tranquilizadora. Como el marinero del puerto, me dijo algo en un idioma que no entendí. Luego, señalando el libro, me preguntó en español:

—¿Lees italiano, no?

Le dije que no, claro.

—¿Español?

Me encogí de hombros, pero acabé confesando que no sabía leer.

—¿No sabes? ¿Nada?

Me miraba como si esperase una aclaración.

Le hablé de mí y de lo que hacía, y le expliqué que no tenía instrucción ni estudios. Pero le aseguré que aprendía rápido.

Me miró pensativamente. Quizá le daba pena. Fue como si leyera en mi rostro.

—Soy Simonetta, hija de Gianetto Berardi —me anunció—. Me divertirá enseñarte a leer, si quieres.

Hablaba entonando cada sílaba, como si cantara.

El tal Berardi era un banquero de Florencia, asentado en Sevilla desde hacía años. Y es que la prosperidad de la ciudad había atraído a muchos extranjeros, italianos y alemanes en su mayor parte.

En las calles se mezclaban noticias del oro de Guinea, de la conquista de las Canarias, de rescates de esclavos, de la guerra contra los moros, que ya se aproximaba a su fin. Había una sed enorme de cosas nunca vistas.

El libro de la vida

Desde entonces, en vez de ir al puerto, cada tarde iba a la calle del Aire, como quien va a la escuela.

En la habitación donde Simonetta me daba la clase había una estantería con unos cuarenta libros, de los cuales más de la mitad estaban escritos a mano.

Pronto descubrimos que para aprender a leer necesitaba primero aprender a escribir. De modo que ella dibujaba una letra y yo la copiaba con cuidado, una y otra vez, hasta que podía hacerlo sin ver el original.

Mientras, una mujer de compañía, menuda y silenciosa, bordaba en un rincón con la cabeza gacha.

Para muchos, aprender a escribir es una tortura, pero yo fui muy feliz aprendiendo de Simonetta.

A veces, al final de la clase, y para animarme a seguir estudiando, me leía unos versos en su propio idioma, despacio y subrayando las palabras con la uña. Aunque no entendía nada, me parecía que mi oído se afinaba al escuchar su voz.

Volvía a las calles como si bajara del cielo, y tenía que esforzarme para recordar que era un simple mozo de cuerda, y que me tocaba llevar pescado y un cordero a la plaza del Pan.

Juan estaba al tanto de mis lecciones, pero las desaprobaba.

—¿Para qué pierdes el tiempo aprendiendo a leer? —me preguntó un día, al verme repasar el abecedario a la luz de un candil—. La vida es mucho más interesante que los libros.

—¿Cómo puedes decir eso? Los libros son parte de la vida. Si quieres, puedo enseñarte lo que he aprendido.

—¿Para qué?— me dijo, y se tiró del rizo—. No me serviría de nada. Los libros solo aprovechan a los que ya son ricos.

Era algo sobre lo que yo sabía más que él, y creo que eso le molestaba. O quizá tenía celos de mi amistad con Simonetta.

En cambio, yo no podía compartir su afición por el juego. Me parecía insensato fiar la propia suerte al movimiento de los dados o a las cartas. Y me impacientaba cuando lo veía llegar al mesón de madrugada, tras haber pasado la noche con la cuadrilla, en alguna timba.

Poco a poco, llevado de la mano de Simonetta, o mejor dicho de sus labios, aprendí a juntar letras y a hilvanar palabras.

Me pedía que le leyese en voz alta una fábula del *Isopete historiado,* libro muy divertido, obra del griego Esopo, y luego me la dictaba.

Cuando cometía muchas faltas, me castigaba haciéndome copiar una página entera del *Vocabulario,* libro recién impreso en la misma Sevilla. O me hacía leerle versos italianos y se reía cordialmente de mi mala pronunciación.

—Calla y escucha —me interrumpía.

Sin mirar el libro, recitaba los versos de memoria.

Al decir algunos versos me parecía que se ruborizaba. Desde el rincón, la mujer de compañía empezaba a carraspear y a hacer aspavientos.

Cayó el reino de Granada. En Sevilla se encendieron hogueras y hubo grandes fiestas. Tuve mucho trabajo, porque a todo el mundo le dio por ofrecer comidas.

Volví a la calle del Aire, después de varios días de ausencia. Sin darme explicaciones, el portero se negó a dejarme pasar. Ante mi insistencia, amenazó con llamar a los alguaciles.

Lo que más me dolía era no saber si la decisión era de Simonetta o de sus padres.

Hice guardia en la calle, pero no la vi salir y al final me cansé de esperarla.

Juan me dijo que ya sabía que ella se acabaría cansando de mí, que todos los ricos eran iguales y que ahora podría consolarme leyendo libros.

Pero no me conformaba. Cada día pasaba por delante de su casa, por si ella me veía y me mandaba llamar. Desde su puesto, el portero se llevaba el pulgar a la garganta, como si fuera un puñal, y fingía un largo corte. Era su manera de decirme que le encantaría degollarme.

Una mañana, estando yo en plena faena, oí a un pregonero que en la plaza de San Francisco leía el edicto de expulsión de los judíos. Desde hacía tiempo se rumoreaba que iban a ser expulsados, pero a mí me costaba creerlo porque, eran decenas de miles, y tenían sus casas en Sevilla y en otras muchas ciudades.

La gente se agolpaba para escuchar, y yo también me detuve un rato.

Se les daban tres meses para abandonar el país y no volver jamás, bajo pena de muerte. Podían llevar consigo las posesiones que fuesen capaces de cargar, salvo oro, plata y monedas.

Pasaron los días. De pronto, todos querían hacer negocio a costa de los judíos, y les ofrecían un asno por una casa, o un poco de paño o de lienzo por una viña.

Ellos se resistían, pero acababan aceptando. ¿Qué podían hacer?

Yo tenía la impresión de que la gente se había vuelto loca.

II

TRES CARABELAS

Camino del mar

Era noche cerrada. Dos días más y expiraría el plazo que los reyes habían fijado para la expulsión de los judíos.

Había quedado con Juan y le esperaba en la taberna de costumbre, cuando entró uno de la cuadrilla, con expresión alterada.

—¡Oye, que al Rizos se la han clavado!

—¿Qué dices?

—Si no está muerto, le falta poco.

Me levanté de un salto.

—¿Dónde?

—En las gradas.

Salí corriendo y no me detuve hasta llegar a la catedral.

Los chicos de la cuadrilla rondaban el cuerpo. Uno de ellos se acercó con una antorcha.

Juan yacía en el suelo, con la cara hacia abajo. Había un reguero de sangre sobre las losas, como si se hubiese arrastrado, y tenía un brazo extendido, como si hubiera hecho un último esfuerzo para alcanzar las cadenas.

Muchos curiosos iban y venían con sus candiles, pero se mantenían a distancia.

Mi amigo aún estaba caliente. Le di la vuelta con cierta dificultad y me estremecí. No contentos con quitarle la vida, también le habían cortado el rizo.

Yo debía de haber cumplido ya los doce años. Había visto mucho para mi edad, y más en los últimos tiempos, pero aquello hizo que de nuevo me sintiera pequeño e indefenso.

Miré alrededor y vi a los miembros de la cuadrilla, al ciego, a los demás mendigos.

Unos alguaciles nos observaban desde lejos. ¿Sería obra suya? ¿Era de ellos de quienes Juan había intentado huir? ¿O era del misterioso Señor de las Tinieblas?

En realidad podía haberlo hecho cualquiera, incluso alguien de otra cuadrilla. El propio Juan me había comentado que mucha gente nueva estaba llegando a la ciudad, y no toda parecía de confianza.

No era momento de preguntar nada, ni de hacerme el valiente. Me había quedado sin protector, y temía que también se deshiciesen de mí.

Conteniendo un sollozo, le puse una mano en el pecho y me alejé.

Recelaba de todos. Di vueltas, para desorientar a posibles seguidores, y salí al río por la puerta del Arenal, que estaba concurrida. Muchos judíos, que habían estado esperando hasta el último momento por si los Reyes cancelaban el edicto, se embarcaban aquella noche.

Me refugié bajo el casco de una barca de pesca, que yacía volcada cerca de la orilla, y palpé la bolsa de mis ahorros, que llevaba bajo la camisa. Era el último consejo que tenía que agradecerle a mi amigo.

Y allí mismo se me ocurrió, viendo el trasiego de los que huían...

Había oído hablar en tabernas y figones de una expedición de tres carabelas, que estaban siendo acondicionadas y pertrechadas en el puerto de Palos. La mandaba un navegante genovés, un tal Colón o Colombo, que decía conocer una ruta más rápida para llegar a las Indias. La Reina le había dado aquel título, Almirante de la Mar Océana, que a mí me sonaba mucho mejor que el de los duques y marqueses.

Si conseguía incorporarme a la expedición, podría empezar una nueva vida al otro lado del océano.

Había una barcaza de dos palos que cada día bajaba hasta Sanlúcar, en la desembocadura. Al amanecer la busqué. Pagué el pasaje, me acurruqué en la proa, entre fardos y toneles, y me dormí.

Me desperté al notar unos tirones cerca de la oreja. Una cabra me mordisqueaba el pelo que asomaba por debajo del gorro. Había otras, que balaban y se paseaban por cubierta.

El sol estaba en lo alto, y nos deslizábamos con lentitud entre trigales y plantaciones de olivos. De cuando en cuando, la barcaza atracaba en un caserío. Bajaban unos pasajeros y subían otros.

El aire se hizo más vivaz. Habíamos llegado a las marismas. Contorneamos unas islas donde pastaban toros y vi el azul del mar a lo lejos, tras una larga extensión de arena.

La gente de Sanlúcar se echó a reír cuando les dije que necesitaba una embarcación para ir a Palos.

—Más fácil te hubiera sido ir desde Sevilla, niño —me dijeron.

Pero, cuando les enseñé el dinero, se ofrecieron a llevarme a la mañana siguiente.

Dormí en la playa, arrullado, por primera vez en mi vida, por el rumor de las olas.

Soñé que estaba con Simonetta y que habíamos llegado a las Indias. En mi sueño, las Indias se parecían mucho a la ciudad de Sevilla. Simonetta me llevaba a la Giralda y me pedía que le leyese las piedras con letras romanas de la base.

—¡Eh, niño! —me despertaron.

Alguien agitaba un farolillo desde un bote.

Me adentré en el agua, que estaba bastante fría, y nadé como pude. Había una extraña calma. Veía los farolillos de otros botes, que salían de pesca, y oía el ruido que hacían las palas de los remos al sumergirse y empujar.

Dos hombres me ayudaron a subir a bordo y me arroparon con una manta.

Tres carabelas

Navegamos durante todo el día, siguiendo la costa arenosa. La vela había sido remendada tantas veces y llevaba tantos parches que, cuando el viento la sacudía, parecía una bandera descolorida por el sol.

Yo estaba sorprendido de los cambios del mar, que viraba del gris al verde y al azul, y unas veces parecía un paño arrugado y otras se cubría de largas olas. Me preguntaba si sería así en todas partes o el mar de las Indias sería distinto.

De vez en cuando, uno de los hombres recogía los sedales que llevábamos a proa, y comprobaba el cebo o bien recogía un pez brillante, que caía dando saltos en el fondo del bote.

Al atardecer me señalaron un monasterio de paredes blancas, que se alzaba sobre una pequeña colina, en la desembocadura de un río. Me dijeron que era La Rábida, y que Palos se encontraba río arriba.

Hasta entonces me habían tratado bien, pero de pronto tenían prisa por deshacerse de mí. Parecían cansados y de mal humor. No podían llevarme más lejos, decían, porque se les había hecho tarde y tenían que volver a Sanlúcar. Les había pagado por la travesía, y ahora querían que también les pagase por el bote.

Pensé en tirarme al agua, pero comprendí que, siendo tan mal nadador, me alcanzarían en seguida. Así que, con gran dolor, les pagué los diez escudos que me pedían. Se acercaron a la orilla y salté.

Eché a andar por la playa con la ropa mojada. Las gaviotas graznaban y levantaban el vuelo cuando me acercaba, y esperaban a que pasara de largo para posarse.

Fui tierra adentro. No había un solo río sino dos, que se juntaban en la desembocadura. Un hombre que iba con un burro cargado de leña me dijo los nombres: el Tinto y el Odiel. Le pregunté por la expedición de Colón y me contestó que las tres carabelas seguían en Palos.

Llevaba rato escuchando un murmullo lejano, que al principio había tomado por un griterío de gaviotas. Procedía de una embarcación de tres palos, anclada en la confluencia de los ríos.

Al acercarme vi a muchos hombres y mujeres, vestidos con ropajes largos, que rezaban o se lamentaban en cubierta. Era uno de los últimos barcos de los judíos expulsados, que esperaba la marea para zarpar.

Tenían motivos para quejarse. En Sevilla había oído que algunos acababan en Turquía o en Marruecos, donde eran vendidos como esclavos. De repente me sentí muy triste. ¿Acaso no eran como nosotros? ¿No tenían que vivir y que trabajar, como todos? ¿No se amaban, no tenían hijos? ¿No acariciaban, como yo, ilusiones y esperanzas?

Lloré, mientras en mi mente se juntaban piezas muy distintas: un niño abandonado al pie de una torre; el rechazo de Simonetta o el de su familia; el cadáver de Juan, tendido en las losas; la avaricia de los pescadores que me habían llevado hasta allí; la atroz expulsión de los judíos.

Pero también había conocido cosas buenas. Un amigo me había ayudado durante años, sin pedir nada a cambio. Con paciencia y cariño, una niña desconocida me había enseñado a leer y a apreciar los libros.

Vi los tres barcos antes de llegar a Palos. Me parecieron muy hermosos. Estaban anclados en medio del río, tenían los cascos pintados de colores vivos y llevaban las velas recogidas. Uno de ellos era algo mayor que los demás.

Las tabernas estaban tan concurridas que me costó encontrar asiento y cena. Entre vaso y vaso, los clientes se quejaban de que el Almirante, a quien llamaban capitán a secas, les obligaba a embarcarse antes de las once de la noche.

—Esa orden va contra la costumbre de la gente de mar —afirmaba uno—. El viaje a las Indias puede durar muchos meses. Si no zarpamos hasta mañana, ¿por qué tenemos que pasar la última noche a bordo, como si fuéramos gallinas?

—¡Pues para acostumbrarnos al gallinero! —exclamó otro.

—De malos principios, ruines fines —se lamentó un tercero.

Y se pusieron a hablar de los peligros que encerraba la travesía: el abismo por el que se precipitaban los bar-

cos, en el confín del mundo; la escamosa serpiente de mar, causante de cientos de naufragios; la rémora, un monstruo gigantesco que se agarraba a las embarcaciones y las inmovilizaba, hasta que la tripulación entera moría de hambre y de sed.

Me di cuenta de que no había trazado ningún plan, y el tiempo corría en mi contra. Podía intentar hablar con el Almirante y pedirle que me llevara consigo. Pero ¿qué haría si no me recibía o se negaba a llevarme?

También podía intentar comprar la voluntad de algún marinero, para que hiciese la vista gorda y me dejara subir y esconderme en la bodega. Pero ¿qué haría si me delataba o, como los pescadores, me pedía más de lo que estaba dispuesto a darle?

O bien podía intentar ocultarme por mis propios medios, y ahorrar unas monedas que en las Indias, creía yo, me serían muy útiles. Eso suponiendo, claro está, que hubiera sitio en la bodega para permanecer oculto. ¡Cómo sentía no saber más sobre barcos, viajes y capitanes!

Salí de la taberna y me quedé mirando las naves. No parecía haber gente a bordo, o al menos no en cubierta. Era comprensible. Si a las once se les acababa el tiempo, los marineros querrían aprovecharlo en tierra.

De las tres naves, solo una tenía echada la escalerilla.

Llegada la noche, me adentré en el río, entre los juncos de la orilla, y nadé despacio y en silencio, hasta tocar el casco. Subí por la escalerilla con cierto esfuerzo, como si me costara despegarme del agua, y me asomé por la borda.

Había rumor de conversaciones en el castillo de proa. El de popa parecía desierto, pero salía luz de una cámara. Me quité los zapatos para hacer menos ruido y me deslicé por la escotilla más cercana.

A tientas, busqué acomodo entre cajones, canastos, sacos y baúles.

Horas después les oí llegar. Bajaron con candiles y estuvieron trajinando, pero me había acurrucado tras unos sacos y no me vieron. Tan pronto se fueron me dormí.

¡Polizón a bordo!

Zarpamos antes de la salida del sol. No oí la orden de levar anclas ni la de largar las velas, pero noté que el barco empezaba a moverse.

Poco a poco, la luz del día entró por las escotillas y pude abarcar la bodega con la mirada. Era como un vasto almacén, repleto hasta el techo de tablas, herramientas, armas, leña y jaulas con gallinas. Ya me había parecido escuchar ruidos y aleteos cercanos durante la noche.

No sabía cuánto tardaríamos en llegar a las Indias, pero confiaba en no ser descubierto. ¿Cuántas veces al día bajarían, en busca de provisiones o pertrechos, o incluso para alimentar a las gallinas o comprobar que la carga estaba en su sitio?

Probé todos los escondites posibles y elegí un rincón donde había grandes fardos de tela gruesa, cuyo uso se me escapaba. Si me enterraba en ella y disponía bien los fardos, no podrían verme.

El casco se inclinó un poco y empezamos a balancearnos con más fuerza. Sin duda habíamos salido al mar.

En cuanto a la comida, me sentía como un ratón en una despensa. Había grandes cantidades de bizcocho, miel, pescado seco, carne salada, queso, ajos, higos y almendras. También tenía a mi disposición toneles de agua y de vino, y un surtido de herramientas para abrirlos.

Empecé con una sardina salada, que me dio sed, y seguí con los higos, que eran muy sabrosos.

Poco después me mareé. Se me revolvió el estómago, se me nubló la vista y empecé a dar arcadas y a vomitar, al son del agua que rompía contra el barco. Al terminar, estaba muy débil. Me refugié bajo el montón de tela y perdí el conocimiento.

Al recuperarlo aún tenía turbados los sentidos. Estaba a oscuras, y me costó recordar dónde me encontraba. Al ponerme en pie, noté los miembros entumecidos. A juzgar por mi envaramiento y el hambre y la sed que sentía, debía de haber estado inconsciente mucho tiempo, quizá un par de días.

En los extremos de la bodega había algo de luz, que entraba por las escotillas. Tropezando con todo me acerqué a la de proa, que estaba menos iluminada. Al subir por la escalera escuché unos ronquidos. En cubierta, como en una gran cuna, la tripulación dormía a pierna suelta bajo las velas desplegadas. Un vigía, acodado en la borda, observaba el cielo.

Sonó la voz de un marinero, que canturreaba desde popa:

—¡Buena es la hora que va, mejor es la que viene! ¡La una de la noche, si Dios quiere! ¡Ah de proa, alerta, buena guardia!

—¡Ah de popa, oído! —gruñó el vigía, con voz de sueño.

Temeroso de que se diera la vuelta y me viese, volví a bajar y busqué algo que llevarme a la boca.

Al día siguiente aumentó el viento. El barco avanzaba dando bandazos, como si le costara mantener el rumbo.

Yo soportaba mejor el mareo, pero me aburría. Mi única distracción era el canturreo de los marineros de guardia, que sonaba cada media hora, y cierto chirrido que se oía siempre a la caída de la tarde y que me tenía muy intrigado.

De vez en cuando bajaban dos o tres hombres a la bodega, se cargaban a la espalda un par de barriles o de sacos y se iban. En cierta ocasión, al llevarse una botija de miel que yo había abierto, un marino miró alrededor y dijo:

—Para mí, que hay un lirón a bordo.

Una noche subí a tomar aire. Ambas escotillas habían permanecido cerradas casi todo el día y había pasado mucho calor. Cuando asomé la cabeza por la escotilla de proa me encontré cara a cara con el piloto, que sostenía el timón a escasa distancia. Apenas nos miramos. Abrió la boca como si fuese a decir algo y yo retrocedí con rapidez.

Esperaba que a partir de ese momento me buscasen, pero no lo hicieron. Quizá el propio piloto dudaba de lo que había visto, o me había tomado por un aparecido.

Siguieron unos días sin viento o con vientos flojos de proa. Yo lo notaba en que el barco apenas avanzaba.

Una mañana bajaron y fueron directamente hacia mi rincón. Primero encontraron los zapatos, que no me ponía desde hacía mucho.

—¿Qué hace esto aquí? ¡Son zapatos de niño! —les oí decir.

Yo no podía imaginar que habían decidido cambiar las velas del barco, que eran triangulares, por otras cuadradas, que recogiesen mejor el viento. Y no sabía que la tela que me rodeaba era precisamente lo que buscaban.

Ya estaban encima. Hice acopio de valor y salí de entre los fardos.

Eran hombres hechos y derechos. Según luego supe, un par de ellos habían estado condenados a muerte, y habían salvado el pellejo alistándose en la expedición. Pero no les cabía en la cabeza que un niño apareciese de pronto, como un recién nacido, entre un montón de telas.

Al fin, uno de ellos consiguió articular un grito:

—¡Polizón a bordo!

El mar de mármol

Al salir a cubierta, el centelleo del mar me llenó los ojos.

Me llevaron ante el capitán, Vicente Yáñez Pinzón, que se tomó a mal mi presencia a bordo.

¿Cómo había podido permanecer veinte días en la bodega sin que ni la tripulación ni él se enterasen? ¿Me había ayudado alguien? ¿Por qué el despensero no le había informado de que había alimentos abiertos y empezados?

Me interrogó a fondo, porque se le había metido en la cabeza que yo podía ser un espía enviado por los portugueses, para entorpecer la expedición. Al final le convencí de mi inocencia, pero insistió en cargarme con grilletes.

—Si tuvieras tres años más, te colgaría del palo mayor —me dijo con expresión severa.

Además, hizo que me registrasen y se quedó con mi dinero. Era el pago, según decía, por el pasaje y la manutención.

Quiero creer que la causa de aquel malhumor era la falta de viento, porque después lo encontré algo más propicio. El caso es que me pusieron grilletes en las manos y me dejaron en cubierta.

Vistos desde abajo, los palos me parecieron mucho más altos. La *Niña,* que así se llamaba aquella carabela, tenía solo dos, y una gran cruz roja pintada en cada vela. Los otros barcos, la *Pinta* y la *Santa María,* tenían tres e iban por delante, pero ni ellos ni nosotros nos movíamos apenas.

—¡Te dije que nos atraparía la rémora! —le recordaba un marinero a otro.

El mar permanecía quieto como el mármol, y las velas colgaban inertes como los pliegues de una estatua. Hasta yo suspiraba por una ligera brisa.

A media mañana se dio la orden de armar los remos, que eran larguísimos. Causaba asombro ver aquellos barcos, cubiertos de velas hasta los topes, obligados a moverse a fuerza de brazos.

Se avanzó bastante, aunque no tanto como para mejorar el humor del capitán. El viento solo se presentaba en forma de brisas caprichosas, que desfallecían en seguida.

Parecían haberse olvidado de mí, pero a la hora del rancho me dieron agua y me quitaron los grilletes, para que pudiese comer un poco de cecina y algo de queso.

A la caída de la tarde volvió a sonar el chirrido que tanto me intrigaba. Era el grillo de Ruiz de Gama, el piloto. Estaba en una jaula colgada en la tolda, y llamaba a una hembra en medio del mar, donde no las había.

De noche los tres barcos encendieron los fanales y los colgaron a popa, para no perderse de vista unos a otros.

Poco después, el vigía de proa cantó, indeciso:

—¡Fuego...! Digo... ¡Tierra a la vista!

Todos, hasta los que ya dormían, se agolparon en la borda.

En el horizonte había una silueta púrpura, de la que brotaba un resplandor.

—¡Las Indias, las Indias! —grité, señalando el horizonte, y se echaron a reír.

Era la isla de Tenerife.

El resplandor procedía de un volcán que había entrado en erupción. Un marinero nos dijo que había visto el mismo fenómeno en Sicilia.

Algunos lo tomaron por un mal presagio. Yo, que nunca había oído hablar de volcanes, estaba muy contento.

Al amanecer, un marinero cantó:

—¡Bendita sea el alma y el Señor que nos la manda! ¡Bendito sea el día y el Señor que nos lo envía!

Poco después mis oídos captaron unos crujidos, muy por encima de mi cabeza, y las velas se hincharon ruidosamente. Sentí el viento en la cara y el barco empezó a deslizarse con fuerza, como si se hubiera reservado para aquel momento.

A la tarde siguiente, llegamos a Gran Canaria, donde se nos habían adelantado los otros barcos.

Había que reparar la *Pinta,* que hacía agua y tenía el timón roto. Era también la ocasión de cambiar el aparejo de la *Niña,* para hacerla más marinera, y de ponerle velas cuadradas. Se decía que todo ello costaría una semana al menos.

Vicente Yáñez quería aprovechar la oportunidad para dejarme en tierra. Ordenó que me quitaran los grilletes, me prohibió acercarme a su barco e hizo que subiese a un batel que se dirigía a la villa.

Las Palmas parecía muy hermosa, pero yo estaba cada vez más empeñado en ir a las Indias. Aproveché que el batel pasaba cerca de la *Santa María,* que era la nave capitana, para saltar por la borda.

No esperaba hundirme tanto y me asusté un poco. Me entró agua por la nariz, me atraganté y empecé a toser y a agitar los brazos.La tripulación del batel debió de pensar que, puesto que yo había provocado aquella situación, debía solucionarla por mis propios medios, y siguió remando hacia la playa, sin hacerme caso.

El Almirante de la Mar Océana

En cambio, en la *Santa María* debieron de pensar que estaba haciendo algo muy divertido. La marinería no dejó de animarme hasta que me vieron encaramarme por una soga que bajaba del castillo de proa y pisar la cubierta.

Estornudé y me sacudí el agua como un perro mojado.

Cuando me preguntaron qué quería, les dije que deseaba ver al Almirante.

—¿Te espera, niño?

—Creo que sí, pero él no lo sabe.

Mi respuesta les hizo gracia. Se la contaron. Y el Almirante, al saber que un niño se había tirado al mar para verle, aceptó recibirme. Era muy propio de él, como comprobé después. Le gustaba abrirse a todas las posibilidades, por si de algún modo se volvían a su favor.

Tenía una cámara en la toldilla, con una mesa, una silla, un taburete, un lavamanos y una cama. Atrás se abría un ventanuco que mostraba la inmensidad del mar. No me fijé en estos detalles hasta más tarde, porque entonces estaba pendiente de él.

Era, cuando le conocí, un hombre de unos cuarenta años, de estatura aventajada, ni grueso ni delgado. La piel, pecosa, y el cabello entre canoso y rojizo. Pero lo que llamaba la atención eran sus ojos azules y brillantes, siempre muy abiertos, que veían más allá de uno y clareaban al mirar al mar.

Hablaba español con acento portugués, porque lo había aprendido en Lisboa. Amerigo Vespucci dice que no hablaba bien ningún idioma, salvo el dialecto de Génova. Quizá sea así, pero estoy seguro de que podía entenderse con cualquier marinero, en cualquier lugar del mundo.

—Siéntate —me invitó, y señaló un taburete—. ¿Es verdad que has venido nadando?

—Sí, Almirante. Al menos la última parte.

—¿Qué última parte?

No quería disgustarle, pero le conté mi viaje desde Palos a bordo de la *Niña,* y el enfado de Vicente Yáñez, que se había quedado con mi dinero.

Por su manera de mover los ojos, tuve la sensación de que estaba viendo todo lo que le contaba.

Cuando acabé, asintió con la cabeza.

—También yo fui un niño inquieto —dijo—. Me escapaba de casa y me embarcaba con los marineros, siempre que podía. Tenía sueños de gloria, de poder y riquezas. A tu edad ya había estado en Quíos y en Túnez. Una vez, yendo en un barco de Génova, nos atacó una escuadra de piratas franceses. Mi barco se incendió y salté al mar. La suerte me ofreció un remo. Agarrándome a él y nadando, llegué a la costa de Portugal, al cabo de San Vicente. ¿Lo conoces?

—No.

—Ya lo conocerás. ¿Cómo te llamas?

—Gonzalo.

—¿Qué más?

—Gonzalo nada más. No tengo apellido.

—Y bien, Gonzalo nada más, dime, ¿qué es lo que quieres?

—El capitán de la *Niña* me ha prohibido que vuelva a su barco. Pero yo he de ir a las Indias en este viaje de descubrimiento, o...

—¿O qué, Gonzalo?

—O moriré —dije, porque no se me ocurría nada peor.

El Almirante sonrió.

—A tu edad morir parece más fácil de lo que es. Te gustaría embarcarte en la *Santa María,* ¿no es eso?

—Sí.

—Si hubieras venido a Palos, antes de que completáramos la tripulación... Ahora somos muchos y no queda trabajo para ti.

—Haré lo que sea. Limpiaré, guisaré, aprenderé a aferrar velas y a soltarlas. Os obedeceré en todo. —Reparé en unos enseres de escritorio, que yacían sobre la mesa—. Además, sé leer y escribir.

El Almirante me miró como si me viese por primera vez.

—Eso es diferente. ¿Dónde aprendiste?

—En Sevilla. Me enseñó una niña, Simonetta.

—¿También sin apellido, como tú?

—Simonetta Berardi.

—¿Berardi de Florencia?

—Sí.

El Almirante sonrió, satisfecho, como si estuviéramos jugando a las adivinanzas y acabara de dar con la solución.

—¿Una niña muy guapa, muy dulce, que vive en la calle del Aire?

Me puse en pie con tanta torpeza que derribé el taburete.

—¿La conocéis?

—Tranquilo, Gonzalo. La he visto algunas veces, con su familia. Como dicen, el mundo es una servilleta. Conozco a su padre, el banquero Berardi, un hombre de ánima generosa. Sin su ayuda, y la de otros como él, no habría podido emprender este viaje.

—Creía que el dinero os lo había dado la Reina.

—La Reina de España no tiene dinero. Se lo gastó todo en la guerra de Granada. El dinero tuvieron que adelantármelo otros. Toma papel y pluma, que voy a dictarte.

Me senté a la mesa y me dictó una carta para Vicente Yáñez, ordenándole que le entregase los ahorros que me había quitado.

El tejedor de historias

Era un hombre absorbente. Hablaba sin parar de sí mismo, de las calles de Génova, de sus negociaciones con los Reyes, de las regiones habitables por debajo del ecuador, del reparto de las aguas y los continentes, hasta de la caza de ballenas y del oro. Desde el principio me mencionó el oro.

Había visitado muchos lugares en sus navegaciones: Inglaterra, la isla de Madeira, Guinea. Y en todas partes había encontrado indicios de que había tierra hacia el Oeste.

Estaban, por ejemplo, las figurillas de madera labrada que había encontrado flotando en alta mar, cuatrocientas leguas al poniente del cabo San Vicente. Y los árboles de extrañas formas que arribaban a las Azores después de un temporal.

Llegó a hablarme de cierto náufrago, «a ti puedo contártelo», me dijo, que había muerto en sus brazos, tras jurarle que había descubierto unas islas y una gran tierra firme al otro lado del Mar Tenebroso.

Allí mismo, en las Canarias, había pescadores que cada año pretendían haber visto tierra hacia el Oeste, en el horizonte.

Y estaban los libros. Me enseñó algunos de ellos, muy usados y anotados, que guardaba en un cofre: *El Millón* de Marco Polo, donde se describían por primera vez las riquezas fabulosas de Catay y Cipango, en el extremo oriental de Asia; *Opus Major* de Roger Bacon, según el cual solo un mar pequeño separaba la costa exterior de la península Ibérica de la India, hacia el Este; *Imago Mundi,* de Pierre d'Ailly, donde se reseñaba todo el mundo conocido y se sostenía que no podía ser muy grande.

Comprendí que los guardase en un cofre, como tesoros que eran. Aquellos libros reforzaban su fe, le ayudaban a seguir soñando.

También desplegó ante mí unos mapas donde figuraban islas misteriosas, vistas una o dos veces y luego desaparecidas: San Barandán, Antilia y la isla de las Siete Ciudades. Y un plano de Paolo Toscanelli, cosmógrafo florentino de mucha fama, con quien había mantenido correspondencia.

Toscanelli había representado en una cuadrícula el mar por el que navegábamos, y que hasta entonces nadie había surcado de una orilla a otra, como si lo hubiera visto y medido.

—¿Te das cuenta, Gonzalo? —me preguntó, soñador, trazando con el dedo una travesía imaginaria sobre el pergamino—. Solo seis mil quinientas millas separan España del grandísimo país de Catay y de su oro.

¿Por qué, siendo yo un niño, me habló de estas cosas? No lo sé. Quizá precisamente porque lo era, y no podía arrebatarle ninguna gloria. O quizá porque, pese

a tantos indicios y a la fe inquebrantable que tenía en su propia empresa, no podía estar seguro de hallarse en el camino correcto, y necesitaba recapitular de vez en cuando, delante de alguien, para darse ánimos. O tal vez, como Juan el Rizos, porque de algún modo yo le recordaba al niño que había sido.

También sabía escuchar, porque era curioso por naturaleza. Su padre había sido tejedor; compraba la lana y vendía las telas que hacía en sus propios telares. Cuando me preguntó por el mío, y le conté que me había abandonado cuatro años antes, se quedó pensando y me dijo:

—No le guardes rencor, Gonzalo. Seguro que no podía darte un oficio, y te dejó para que lo aprendieras por tu cuenta. Un padre siempre quiere lo mejor para sus hijos. Yo tengo dos: Diego, de tu edad, y Hernando, de seis. Se han quedado en Córdoba, porque no me he atrevido a traerlos conmigo. Así que en este viaje serás como mi hijo.

Era un asunto que le preocupaba, porque más tarde añadió:

—¿No has tenido alguna vez un pájaro herido, y lo has soltado cuando se ha curado? Tu padre te cuidó mientras eras pequeño, para que te hicieras fuerte. Luego pensó que lo mejor para ti sería darte alas. Debió de ser tan doloroso para él como para ti. Y lo del caballo era mentira, pero tiene su parte de verdad. ¿Sabías, Gonzalo, que la Giralda no tiene escalera, sino una rampa muy ancha que hicieron los moros para que dos hombres a caballo pudieran subir juntos? Si un caballo puede asomar por una torre, sin duda, esa es la Giralda.

Aquel hombre sabía las cosas más raras, o se las inventaba. Tejía historias, como su padre tejía telas.

Había tenido que convertirse en una suerte de fabulador y había ido de Corte en Corte pregonando las virtudes de su empresa. Había probado con el Rey de Portugal y con el de Inglaterra, y se disponía a hacerlo con el de Francia cuando la Reina Católica decidió apoyarle.

Pero antes había convencido a los frailes de la Corte castellana, que no se sentían impresionados por el plano de Toscanelli, y con los que había tenido que emplear argumentos procedentes de las Sagradas Escrituras. Y luego había buscado el apoyo del tesorero Luis de Santángel y de los banqueros florentinos, como Berardi, que solo querían oír hablar de las especias y el oro de las Indias.

Fingía saber cosas que no sabía, para evitar que adjudicaran su misión a otros.

Claro que todo esto no me lo contó de una sola vez, sino en varios días, mientras se reparaban y rehacían los otros barcos.

Lo que sí ocurrió esa tarde es que llegó mi bolsa con el dinero que me había incautado Vicente Yáñez. Esperaba que el Almirante me la devolviera, pero lo que que hizo fue guardarla en un arca con candado.

—Al fin y al cabo —me dijo—, ahora no vas a navegar con él, sino conmigo.

III

LA CASA DEL OCÉANO

A través del ancho mar

Hechas las reparaciones y los cambios, salimos de Gran Canaria y fuimos a Gomera, donde embarcamos víveres frescos, leña y agua. Nos disponíamos a zarpar de nuevo cuando llegó una carabela procedente de Hierro, con la noticia de que nos buscaban tres naves portuguesas. Al parecer tenían orden de apresar al Almirante. Aún no había descubierto nada, y ya querían arrebatárselo.

Levamos anclas y nos alejamos, pero el viento dejó de soplar otra vez. Por suerte, nuestros perseguidores no se presentaron.

Tres días tardamos en sentir el empuje del viento del Nordeste, que había de conducirnos hasta las Indias.

Yo vivía en una situación de privilegio, razón por la cual algunos me miraban con desconfianza. Comía en la mesa del Almirante, que me hacía confidencias y me dictaba el diario de a bordo.

A veces, cuando la tripulación hacía mal una maniobra, se quejaba de que muchos no tenían conocimientos de marinería; habían buscado el perdón real, prometido a quienes se alistaran, y acababan de salir de la cárcel de Sevilla. Otros eran pescadores o marineros de oficio, pero estaban acostumbrados a navegar por el río o cerca de la costa, y en alta mar se veían perdidos y se asustaban.

Con frecuencia, el Almirante salía de su cámara a comprobar la brújula, o se entretenía, con el astrolabio o la ballestilla en la mano, en calcular la altitud del sol y las estrellas. Me enseñó a calcularla también, y a medir las leguas navegadas cada día, atendiendo a la brújula, que marcaba el rumbo, y a la velocidad de nuestro avance, que apreciaba a ojo.

En esto último diferíamos. ¿Cómo iban a ver igual sus ojos que los míos?

Los pilotos tampoco estaban conformes con sus cálculos. Una noche hablamos de eso y me lo explicó. A los demás les decía que habíamos recorrido menos leguas de las verdaderas, para que no se alarmaran y se creyesen más cerca de sus casas. Esos datos eran los oficiales, y figuraban en el diario que me dictaba.

De noche, a la luz del farol de aceite, hacía a solas otras cuentas en un diario distinto, que guardaba bajo llave.

Al principio rebajaba tres o cuatro leguas diarias, pero, a medida que transcurrían las semanas sin que las Indias apareciesen, restaba más.

Una mañana nos salieron al paso grandes masas de algas. A bordo de la *Santa María* recogimos algunas, y entre ellas encontramos un cangrejo vivo. Como creíamos que los cangrejos no se alejan de la costa, lo tomamos por un indicio favorable.

Pero pasaban días y más días, sin que la tierra apareciese.

Cambió el viento y se nos puso en contra. Creíamos que la tripulación se lamentaría, pero no. El Nordeste había soplado durante tanto tiempo, que a algunos empezaba a preocuparles la posibilidad de no encontrar vientos favorables, si se decidía emprender el regreso.

Poco después cesó el viento del todo. Algunos marineros aprovecharon la calma para tomar un baño de mar. Se colgaban del cordaje, como gaviotas, y se dejaban caer.

Días después volvió el Nordeste, y esa tarde oímos un cañonazo, que procedía de la *Pinta*. Tras la reparación se había vuelto muy marinera y nos adelantaba siempre, lo que enfurecía al Almirante y le hacía despotricar contra Martín Alonso, el mayor de los Pinzón, que estaba al mando.

Cuando le dimos alcance, su tripulación cantaba de rodillas el *Gloria in excelsis Deo,* y Martín Alonso nos gritó por el embudo de latón que había visto tierra a unas veinticinco leguas.

También nos arrodillamos en los otros barcos.

Aquella noche no durmió nadie. Al amanecer se disipó la esperanza. La tierra que Martín Alonso había atisbado era un cúmulo de nubes bajas, que anunciaban tormenta.

El Almirante me confesó sus cuitas. Había esperado encontrar Cipango a unas setecientas cincuenta leguas de Canarias, y aproximadamente en la misma latitud. Pero ya habíamos sobrepasado esa distancia, aunque las cuentas que declaraba eran solo de quinientas ochenta. Y la dorada isla de Marco Polo no aparecía por ninguna parte.

—¿Crees tú, Gonzalo, que el gran Toscanelli pudo equivocarse? —me preguntó el Almirante ante el mapa precioso y raro, desplegado sobre la mesa.

A mí me parecía muy razonable que el mapa de un mar que nadie había atravesado estuviera mal hecho. Iba a decirlo cuando el pergamino crujió, dio un salto y volvió a su estado de conservación habitual, que era el de rollo. Y el tintero, lleno hasta los bordes, que el propio Almirante había colocado en una esquina para extender mejor el pergamino, desapareció entre el rollo, cubriendo de tinta el mar cuadriculado.

—Me costó ciento treinta ducados de oro fino —murmuró el Almirante, pesaroso.

Pero ya estaba viendo por el ventanuco una bandada de aves que nos había adelantado, y diciéndome que los portugueses, en África, habían encontrado tierras siguiendo los vuelos de los pájaros.

La conjura

Dicho y hecho. El Almirante ordenó cambiar el rumbo y poner proa al Sudoeste, en pos de los pájaros, que eran grandes, negros y de pico largo. Horas después los perdimos de vista.

Ese mismo día, la *Niña* disparó otro cañonazo. Vicente Yáñez se había dejado contagiar por el nerviosismo de su hermano, y había visto una tierra que solo estaba en su imaginación.

—No me fío de esos Pinzón —me dijo el Almirante, mientras olisqueaba un trozo de bizcocho—. Son aves de mal agüero. Desde que salimos juegan a adelantarse con sus barcos, y a quitarme la gloria del descubrimiento. Mira, Gonzalo. ¿Crees que es una larva eso de ahí dentro?

Lo era. El bizcocho había sido lo primero en agusanarse.

Nuestras esperanzas de ver tierra pronto se renovaban con cualquier cosa. Un mosquito había picado a nuestro maestre, Juan de la Cosa, en la nariz. No llegamos a verlo, pero la roncha resultante sirvió para que el cirujano Juan Sánchez y el intérprete Luis de Torres se pusieran a discutir sobre si el mosquito era andaluz, o canario, o venía de la tierra prometida.

—¡Hay algo en el agua! —gritó el vigía de proa, y el Almirante se asomó y ordenó recoger un objeto alargado.

Era una figurilla de madera muy dura, un hombrecillo con cabeza de pájaro, brazos en cruz y dientes de hueso incrustado. El Almirante me dijo que se parecía mucho a las que años antes había encontrado flotando en el mar, cuatrocientas leguas al Oeste de Portugal. Pero a esas alturas también yo empezaba a dudar de sus palabras.

Esa noche lo vi por la puerta entreabierta de su cámara. Arrodillado, sostenía la figurilla con una mano, y movía los labios como si rezase.

A veces citaba en su apoyo al profeta Esdras, para quien el mundo tenía seis partes de tierra y una de agua. O me repetía un augurio de Séneca, que él mismo había traducido:

—Llegará un día en que el océano se muestre en toda su grandeza, al igual que la Tierra, y otro piloto, como aquel que fue guía de Jasón, y se llamaba Tifis, descubra nuevos mundos, y no sea ya Tule la región más remota.

El Almirante intentaba hacerme creer que el piloto al que se refería Séneca era él. Tomando mi asombro por interés, me hablaba del tal Jasón y de su búsqueda del vellocino de oro, que era la piel de un cordero divino, y me describía Tule, la región de los hielos perpetuos. A mi, que no había visto un trozo de hielo en mi vida, aquello me sonaba a disparate.

Sentado a sus pies como un perrillo, yo escuchaba sus historias y a ratos pensaba que por fin había encontrado a mi padre.

Cierta noche, antes de acostarme, se me ocurrió ir a la bodega a coger unos higos. Estaba prohibido, pero ya he dicho que yo era un privilegiado, y también que me gustaban mucho. La guardia se encontraba toda a proa, intentando divisar tierra. Atento a la brújula, el piloto silbaba por lo bajo. No me vio, o hizo como que no me veía.

Bajé por la escotilla de popa. Busqué el saco de los higos y comprobé que se hallaban en buen estado. De pronto me llegó el rumor de una conversación. Me acerqué a la escotilla de proa, que estaba entreabierta, y escuché estas terribles palabras:

—Lo mejor que podemos hacer es arrojarlo por la borda. Cuando nos pregunten, diremos que se cayó al agua mientras tomaba la altitud de las estrellas.

Reconocí la voz del contramaestre y me quedé allí, temblando y escuchando, muerto de miedo y de curiosidad.

—Pero no bastará con eso —objetó otro, a quien no pude identificar—. Tendríamos que deshacernos también de Juan de la Cosa, del veedor real y de Diego de Harana. Son demasiados. Y no sé si podríamos fiarnos de Escobedo.

—He hablado con Escobedo, y se nos une —dijo el contramaestre, que al parecer actuaba como jefe de los amotinados.

—No es tonto, ese Escobedo.

—La cecina se agusana y el vino se ha agriado —afirmó una tercera voz, la del despensero—. Pronto no tendremos qué comer, salvo higos y almendras, si es que nos deja algo el amiguito del Almirante.

—Al diablo con él, pues —sentenció alegremente el contramaestre.

Estuve a punto de gritar, al darme cuenta de que se referían a mí. Exageraban un poco, pero era cierto que muchas provisiones se habían vuelto incomestibles. Hasta el agua empezaba a oler.

—En la *Pinta* y en la *Niña* están todos a favor —explicó un cuarto hombre, en quien reconocí al artillero.

—Eso está muy bien —dijo la segunda voz—. Falta que luego sepamos volver. No me gustaría acabar en Portugal, donde no nos quieren. Ni en África, donde nos harían servir como esclavos.

—Pues claro que sabremos volver. A bordo todos somos navegantes, ¿o no? —preguntó el artillero.

—Querrás decir marineros —corrigió el contramaestre—. Una cosa es marcar el rumbo, y otra seguirlo. Como yo sé las dos cosas, puedo dormir en la cámara del capitán. Y están los pilotos, que cuentan las leguas mucho mejor que ese genovés. El sol debe de haberle reblandecido el cerebro. Martín Alonso dice que ni siquiera sabe manejar el astrolabio. ¿Estamos todos de acuerdo, pues?

—Pero no habrá sangre, salvo la suya —dijo la voz que había hablado en segundo lugar.

—¿Qué quieres, que nos denuncien cuando estemos en casa? ¿O dentro de unos años? Todo dependerá de cómo se porten —sentenció el contramaestre, en tono amenazante.

Se alejaron. Les oí hablar con los que estaban de guardia, pero ya no pude entenderles.

Diez mil maravedíes

Subí por donde había bajado. El piloto debió de darse cuenta de que había tardado demasiado, solo para coger un poco de comida. Desde su puesto dominaba la mayor parte de la cubierta, pero no tenía por qué relacionar mi descenso a la bodega con el grupo de conspiradores que se había instalado en la proa. Quizá aún no habían hablado con él, aunque daban por segura su participación.

El Almirante dormía con los ojos abiertos, como si contemplara las estrellas a través de la techumbre de la toldilla. Le toqué un pie, y cerró los ojos antes de volver a abrirlos.

—Almirante, la tripulación se ha conjurado.

—Lo sé. Es porque soy extranjero.

Me di cuenta de que no estaba despierto del todo. Le ayudé a incorporarse, le di un poco de vino y, con la mayor brevedad de que fui capaz, le conté todos los detalles de la conversación que había escuchado.

—Gracias, Gonzalo. En ti deposito una fe ilimitada.

Me dio instrucciones para que llamase al maestre Juan de la Cosa, a Rodrigo Sánchez, el veedor real, y al alguacil Diego de Harana. Poco después los tres estaban en la cámara, bostezando y ajustándose la ropa.

—En primer lugar —empezó el Almirante—, tenemos que seguir. Los Reyes nos han encomendado esta misión y no podemos defraudarlos. Ahí afuera nos esperan el oro y las riquezas de las Indias, y la gloria de haber descubierto un nuevo camino para llegar a ellas. En segundo lugar, hemos de saber si contamos con alguien, además de nosotros.

—Respondo del intérprete y del cirujano como de mí mismo —dijo Juan de la Cosa, que aún tenía la nariz hinchada a causa del mosquito.

—Me refiero a la marinería —aclaró el Almirante.

—La marinería solo quiere volver a casa —resumió Juan de la Cosa—. No nos seguirán. Otra cosa sería si ya estuviésemos en las Indias.

—¿Y Peralonso, el piloto?

—Quizá no nos ayude, pero tampoco se nos enfrentará.

—En tercer lugar —continuó el Almirante—, hay que reunir en el castillo de popa todas las armas disponibles.

Tuvimos que actuar con rapidez, porque acabábamos de escuchar al marinero que a las tres y media había dado la vuelta a la ampolleta, y se acercaba el cambio de guardia de las cuatro.

Mientras yo me encargaba de avisar a Luis de Torres y a Juan Sánchez para que acudiesen a la cámara del Almirante, los demás juntaron arcabuces, ballestas, espadas, lanzas y hasta corazas y capacetes. La caída al suelo de una sola de esas armas habría bastado para alertar a los conjurados, pero todos actuaron con pulso firme.

Al amanecer, algunos de nosotros estábamos en la toldilla, dispuestos y armados. Culata al hombro, el Almirante sostenía un arcabuz. Yo, que no había combatido en mi vida, llevaba un escudo y una espada. Abajo, todos con coraza y capacete, los cinco hombres que habían permanecido fieles al Almirante protegían al piloto, para evitar que fuese obligado a cambiar de rumbo.

Al descubrir el arsenal vacío, los conjurados cercaron la popa. Eran gente airada, descalza, enrojecida por el sol. Algunos llevaban cuchillos y hachas. Nos amenazaron con desmontar las lombardas, subirlas y destrozar a cañonazos el castillo de popa.

—Baladronadas —murmuró el Almirante—. No son capaces.

Dejó el arcabuz a un lado, apoyó las manos en la barandilla y les preguntó qué querían. Llevaba su capa corta de paño gris oscuro, y en la cabeza un bonete de lana del mismo color.

—Capitán, solo queremos volver a España cuanto antes —le contestó el contramaestre—. Y lo haremos, con vos o sin vos.

—Será conmigo, pero no antes de que os hayáis hecho ricos con los tesoros de Catay y Cipango.

Y acto seguido, con la misma elocuencia que antaño había empleado en la Corte de Portugal y en la de Castilla, describió maravillas de oro, de jade, de piedras preciosas.

Les dijo que el trono del Gran Kan, emperador de Catay, tenía forma de cama y era de oro macizo, con

incrustaciones de perlas, rubíes y diamantes. Sus caballos llevaban sillas de oro. Sus perros comían en platos de oro, y hasta las jaulas de sus pájaros eran de oro. Y eso era así porque el oro abundaba tanto en Catay que se podía recoger solo con inclinarse, sin necesidad de excavar. Había incluso una clase de oro que crecía en los árboles, como si fuese fruta. En cuanto a los diamantes, eran tan cuantiosos que la gente no les daba ningún valor, y los utilizaban para empedrar las calles; los niños jugaban con ellos a las tabas y las urracas tapizaban con ellos sus nidos.

Era un número que había ensayado muchas veces, y los tenía ya medio encandilados. Pero, como el asunto había llegado demasiado lejos, pensó que tenía que ofrecer algo a cambio, si quería que se calmaran y le siguiesen. Así que les pidió tres días y juró que él mismo se pondría al timón para volver a casa, si al cabo de tres días no avistaban tierra.

También prometió un jubón de seda y diez mil maravedíes, para la primera persona que gritara tierra, si se comprobaba que era real «y no tierra de espejismos, como la de los hermanos Pinzón».

Comprendiendo que tres días de demora eran bien poca cosa, si a cambio iban a obtener las riquezas de las Indias y podían aspirar a los premios que el Almirante les ofrecía, los conspiradores cuchichearon entre sí y acordaron volver a sus quehaceres.

Pero los nervios seguían crispados. De vez en cuando, al cruzarme con el contramaestre o con algún otro, notaba sus miradas incendiarias, como si supieran que les había delatado. O quizá era, simplemente, que se acordaban de que les había apuntado con el arcabuz.

Por si acaso, durante el resto del día procuré estar cerca del Almirante, y dormí a su lado en la toldilla.

Toda esa noche oímos pasar pájaros.

¡Tierra!

Al día siguiente vimos que algunos pájaros se habían posado en el trinquete. Eran blancos, de cola larga y pico amarillo. Decían unos que eran señal de tierra y otros que no significaban nada, porque pasaban su vida en el mar y hasta anidaban entre las olas.

Más consistente nos pareció a todos una rama que los de la *Pinta* recogieron y que circuló de barco en barco. Estaba cubierta de flores amarillas, pero cuando llegó a la *Santa María* había pasado por tantas manos que no quedaba ninguna. El Almirante la tocó, la sopesó y la olisqueó. Dijo que era una planta característica de las Indias y que figuraba en sus libros, pero cuando le pregunté en cuál de ellos fingió no haberme oído.

Pasó otra noche. El Almirante había dejado de afeitarse. Inquieto, paseaba de un costado a otro de la toldilla y ordenaba continuos cambios de rumbo.

A babor y a estribor, a popa y a proa, la tripulación escrutaba el horizonte y murmuraba.

—Ni siquiera él está seguro —le oí decir al calafate.

Iba a añadir algo, pero calló al verme.

Se lo conté al Almirante, que tenía los ojos enrojecidos a causa del mal dormir.

—No es eso, sino que al cambiar tantas veces de rumbo nos resultará más fácil encontrar alguna isla. Si encontramos al menos una, se contentarán. Y entonces tendremos más tiempo para buscar la tierra firme.

Sabía que se le acababa el tiempo. El día siguiente sería el último, y ya no podría repetir la misma actuación.

De noche, después de dictarme el diario, subió de nuevo a la toldilla. No había transcurrido ni media hora cuando gritó:

—¡Tierra!

Al momento nos reunimos con él. Abajo, la tripulación nos miraba, expectante.

—¿Por dónde?

—Por allí. Es una lumbre. Donde hay lumbre, hay gente.

—Pero no siempre hay tierra —objetó el maestre—. Yo no veo nada.

—Tampoco yo —dijo el veedor real.

—Es como una candelilla de cera —explicó el Almirante —, que crece y se achica. ¿Gonzalo, tú tampoco la ves?

Dije que no, porque no había tal candelilla.

—Se ha ido —concluyó el Almirante.

—Habréis visto una estrella fugaz —propuso el veedor.

—No, que brillaba como un punto.

Una hora después volvió a gritar tierra, y esta vez fuimos menos los que subimos a la toldilla.

—¿Por dónde es esta vez? —le preguntó Juan de la Cosa, con voz cansada.

—Allí mismo. Es una fogata. Deben de habernos visto y nos hacen señales para que no encallemos en las rocas.

—Yo no veo nada.

—Ni yo.

Temía que se pasara la noche haciendo lo mismo. Al final sería como esa fábula de Isopete, es decir, de Esopo, en la que un pastorcillo, por diversión, se dedica a gritar: «¡Que viene el lobo!». La gente acude en su ayuda, pero no hay ningún lobo. Un día se presenta el lobo

de verdad y el pastorcillo grita: «¡Que viene el lobo!».
Nadie le cree, y el pastorcillo se queda sin ovejas.

Pensé que el Almirante estaba a punto de enloquecer y que yo podía hacer algo más por él. Les había avisado de la conjura a él y a sus hombres, acaso les había salvado la vida y ahora me sentía responsable de su suerte, que era también la mía. ¿De qué habría servido el esfuerzo de quienes habían organizado la expedición, y el de todos nosotros, si acabábamos volviendo a España antes de avistar tierra?

He de decir que, aunque no confiaba por completo en el Almirante —le había oído mentir demasiadas veces—, a fuerza de escucharle había llegado a creer en algunos de sus argumentos.

Si la Tierra era esférica, y en esto coincidían todos los sabios, debía de ser posible alcanzar el Este navegando hacia el Oeste, que era lo que estábamos haciendo. Solo que, por ser los primeros, avanzábamos a tientas.

Le pedí que me dejara subir a la cofa, que es la plataforma que hay en lo alto del palo mayor. Me preocupaba que pudiéramos pasar cerca de una isla o un cabo sin verlo, y había pensado que desde arriba abarcaría una mayor extensión del océano. A nadie le gustaba estar allí, porque decían que era poco estable y se notaba demasiado el balanceo del barco.

El Almirante miró al cielo.

—La cofa es para los jóvenes, Gonzalo, y tú lo eres. Yo hace mucho que no subo hasta ahí. Pero ten cuidado. No quiero perderte. Tu letra se entiende mejor que la mía.

No iba a hacerlo solo por el Almirante. También quería hacerlo por los diez mil maravedíes prometidos. Era la única ocasión que iba a tener de ganar tanto dinero, o al menos eso creía. Me instalaría en las Indias, viajaría, tendría mi propio negocio.

Había visto que, a la hora de recoger velas o de desplegar las velas más altas, los marineros subían como una exhalación hasta que alcanzaban la cruceta. Si uno se detenía a descansar, decían, no se llegaba nunca.

Así que salté a los obenques del palo mayor y trepé con rapidez, sin soltar el aliento. Palpé la cofa, que tenía forma de barril, y me deslicé en su interior como un pájaro que vuelve a su nido, bajo las estrellas. Esa agilidad de cuerpo y de mente solo se tiene cuando se es muy joven.

El mar estaba bastante tranquilo, pero arriba el palo temblaba y se balanceaba con cada onda. No quiero pensar cómo debe de sentirse uno en la cofa con mar gruesa.

Estaba decidido a quedarme allí la noche entera y el día siguiente, si hacía falta, pero no tuve ocasión de esperar tanto.

Fue extraño. Oí la tierra antes de verla, como imagino que hacen los murciélagos. No eran tambores, como dicen que suenan en Guinea. Tampoco eran cantos de sirena. Era un murmullo continuo, como la vibración de unas cuerdas, que permanece en el oído cuando ya se han callado.

En toda mi vida no he vuelto a oírlo.

Poco después distinguí una línea oscura en el horizonte, y una franja pálida que empezaba a refulgir bajo la luna.

—¡Tierra! —grité, con toda la fuerza de mis pulmones—. ¡Tierra a babor!

Un alboroto de pasos precipitados resonó en la cubierta de la *Santa María*. La tripulación corría a comprobar la buena nueva.

Faltaba poco para las dos de la madrugada. Pero, cuando la arena cayó del todo en la ampolleta, a bordo nadie se acordó de darle la vuelta ni de cantar la hora.

Era como si el tiempo se hubiese detenido, y una nueva era comenzara.

Guanahaní

No sé cómo pude bajar de la cofa. Si me lo hubieran preguntado entonces, habría dicho que me dejé caer.

Pronto me reuní con el Almirante, que parecía haberse inflado como un pavo. Acodado en la borda, tenía los ojos fijos en la tierra deseada, pero era como si mirase aún más lejos.

—Parece una isla pequeña —mascullaba—. Cipango tiene que ser más grande.

Ya habían pasado al menos diez minutos desde que que yo había dado la voz cuando el marinero Rodrigo de Triana, que navegaba a bordo de la *Pinta*, la repitió como un eco tardío:

—¡Tierra, tierra!

El Almirante reaccionó por fin. Dio orden de que recogiesen algunas velas y arrojasen la sonda.

Empezaron a cantar las brazas:

—¡Veinticinco! ¡Veinticuatro! ¡Veinte!

Despacio, bajo la luna, los barcos se adentraron en una ensenada de aguas tranquilas como un pozo. El Almirante ordenó echar las anclas.

Algunos tenían tanta avidez de tierra que querían saltar por la borda, para llegar nadando a la orilla.

—¡Que nadie abandone los barcos! —clamó el Almirante por el embudo de latón—. Mañana habrá paseo.

Era una precaución razonable, porque no sabíamos si los habitantes del lugar nos serían hostiles, ni si había fieras.

Apenas dormimos. Yo me levantaba cada media hora, al son de las ampolletas, para mirar la costa baja y verde y comprobar que seguía allí.

Al amanecer, el Almirante se puso un jubón escarlata y ordenó que los barcos se vistiesen de gala. Se izaron banderas y gallardetes, y se colgaron escudos a proa y a popa.

Luego nos dio instrucciones. Cada nave botaría su batel, con una decena de hombres armados y protegidos con corazas y capacetes. El batel de la nave capitana llegaría en primer lugar a la orilla, y él sería el primero en desembarcar.

Yo no tenía galas que ponerme, pero el veedor, que era más bien mediano, me regaló un jubón negro, que había encogido según me dijo. Quise llevar también una coraza, pero todas me quedaban holgadas. Convencido de mi elegancia, subí al batel de la *Santa María*.

Había clareado, pero flotaba una bruma espesa. El agua, cristalina, tenía todos los tonos del azul y del verde. Solo se oía el ruido de los remos.

A poca distancia de la orilla, la bruma se disipó. La playa era larga y poco profunda. Como había peligro de que los bateles quedaran embarrancados, se decidió no avanzar más.

El Almirante, con el estandarte en una mano y la espada en la otra, saltó al agua, que le cubrió hasta la cintura. Con la vista fija en los altos árboles que la bruma había descubierto al retirarse, vadeó dificultosamente hasta la orilla.

Una vez allí, miró a un lado y otro, levantó la cabeza hacia el cielo y observó sus propias huellas en la arena. Se volvió hacia nosotros y con un gesto solemne nos animó a seguirle.

Yo no quería que el jubón se mojase, pero tampoco quería quedarme en el batel. Así que me dejé caer con cierta aprensión y empecé a vadear. Al final metí el pie en un hoyo, y salí a la orilla casi gateando.

La arena era blanca y ligera como la harina.

Mientras, los bateles de la *Niña* y la *Pinta* habían fondeado también. Saltaron al agua los Pinzones, Vicente Yáñez y Martín Alonso, con los estandartes de la expedición, que llevaban una cruz verde y las iniciales de los Reyes, con sus coronas.

El Almirante dibujó otra cruz en la arena, con la punta de su espada. El tamborilero hizo un repique de palillos. Yo estornudé. El Almirante me miró con gravedad y empezó a hablar, flanqueado por los Pinzones.

—Yo, Cristóbal Colón, Almirante de la Mar Océana, Virrey y Gobernador general de las Islas y Tierra firme por mí descubiertas, tomo hoy, viernes, 12 de octubre de 1492, año del Señor, posesión de esta tierra en nombre de los Reyes Católicos, Fernando e Isabel. Que quede escrito.

Se arrodillaron y besaron la arena.

Yo me quedé de pie, porque no quería que la arena se me pegase al jubón mojado.

De pronto los vi. Eran medio centenar de hombres, desnudos, salvo por unos pequeños taparrabos, que habían emergido entre los árboles. Nos miraban fijamente sin un murmullo, sin un suspiro, sin un movimiento. Contemplaban los botes, los barcos a lo lejos, el grupo de extranjeros arrodillados y cubiertos de pesados ropajes que de noche había llegado hasta ellos por el mar.

Emocionado, di unos pasos hacia ellos, mientras los demás españoles se levantaban.

—¡Quietos, no llevan armas! —gritó el Almirante, porque ya los arcabuceros se disponían a dispararles.

En busca del oro

Tras el susto, algunos españoles se echaron a reír. ¡Para aquello se habían puesto capacetes y corazas!

El Almirante se levantó y fue hacia los nativos, con el estandarte real en una mano y la espada desenvainada en la otra. Ellos se pusieron de lado, como si no supieran adónde ir. ¿Acudirían a nuestro encuentro o retrocederían y tendríamos que buscarlos en la selva?

Por fin empezaron a moverse hacia nosotros, pero con cautela. Cuando uno daba un paso, se quedaba inmóvil hasta que los otros le imitaban.

—¡Luis de Torres, venid a parlamentar! —le dijo el Almirante al intérprete.

Y allá fuimos, como avanzadilla, Luis de Torres, el Almirante y yo.

Eran todos de piel morena, cabello largo, frente ancha y buena estatura. Algunos llevaban la cara pintada de rojo, con cercos azules en torno a los ojos y los labios. Peinaban flequillo, cortado en línea recta, y lucían pendientes, collares y brazaletes. Dos o tres llevaban en la nariz unos aros que parecían de oro, y que encandilaron al Almirante.

—¡Torres, preguntadles cómo se llama este lugar!

Por razones que se me escapan, el Almirante confiaba en encontrar en las Indias a alguna de las Doce Tribus Perdidas de Israel. Por eso había alistado a Luis de Torres, que hablaba hebreo.

Torres probó en ese idioma, en arameo y en arábigo. Los nativos abrían mucho los ojos, hacían muecas, esbozaban sonrisas.

—Preguntadles si es Cipango —insistió el Almirante.

Torres volvió a intentarlo, sin éxito.

Finalmente, recurrió también a la mímica. Golpeó el suelo con los pies, abarcó todo el lugar con un largo abrazo e hizo pabellón con la oreja, como si aguardara el sonido de una palabra.

—Guanahaní —dijo uno de los nativos, y otros lo repitieron, riendo y cubriéndose los dientes con la mano—. Guanahaní, Guanahaní.

—Guanahaní —repitió el Almirante, como si paladeara el nombre—. Pues a mí me suena al arábigo de los moros. Así que se lo cambiaremos.

—A mí me gusta —dije.

Pero el Almirante hizo caso omiso.

—Lo llamaremos San Salvador, porque nos ha salvado de la desesperanza. Ahora es parte de Castilla, y estos son mis vasallos. Me intriga que, siendo de apariencia tan pobre, lleven oro encima, aunque sea pequeño. Quizá no sepan lo que vale, y lo tengan en poco aprecio. Pregúntales dónde lo consiguen, y si conocen al Gran Kan.

Torres hizo otra serie de penosos esfuerzos. Los nativos hablaron en su lengua, que me parecía extraordinariamente musical, y gesticularon a su vez.

—Dicen —inventó Torres, más que tradujo— que al Sur hay otra isla mucho mayor, donde un poderoso rey, que acaso sea el Gran Kan, guarda un tesoro de oro y piedras preciosas. También dicen, aunque de esto no estoy muy seguro, que cuando necesitan oro van a ver al Gran Kan y se lo piden.

—Bien podría ser —reflexionó el Almirante—, porque según Marco Polo nunca hubo hombre más generoso. Pregúntales ahora cuánto quieren por esos aros.

Torres obedeció.

—Dicen que no quieren nada. Que los aprecian mucho, porque son regalos del Gran Kan. Y me preguntan si hemos llegado del cielo.

—Diles que también nosotros somos amigos del Gran Kan. Y que no venimos del cielo, pero pensamos ir a parar a él. No, mejor no les digas nada. ¿Qué quiere este?

Un nativo se le había acercado y le acariciaba la barba incipiente, donde se mezclaban pelos blancos y rojizos.

Otro, atraído por la espada del Almirante, la asió por el filo y se cortó. Hizo un gesto de dolor, se miró la herida y se la enseñó a sus compañeros, que lo encontraron divertido y se rieron.

Poco a poco, ambos grupos se entremezclaron, en una suerte de batalla amistosa.

Los nativos nos ofrecieron loros verdes y también ovillos de algodón, que trocamos por cuentecillas de vidrio y cascabeles de latón, como los que los halconeros amarran a las patas de sus aves de caza.

Aquel día no hicimos más. Volvimos a los bateles seguidos por los nativos, que como por arte de magia habían hecho surgir de la maleza unas embarcaciones muy largas y estrechas, hechas de un solo tronco de árbol. En cada una iban al menos quince hombres, que manejaban unos remos como palas de hornero. Querían subir a los barcos, pero no les dejamos porque eran muchos, y miraron maravillados cómo izábamos nuestros bateles a bordo.

Esa noche, después de trabajar en el diario, le pregunté al Almirante por mi premio.

Pareció descender de las alturas.

—¿Qué premio, Gonzalo?

—Los diez mil maravedíes.

—¿Diez mil maravedíes? ¿Y a santo de qué?

Me quedé boquiabierto.

— Si hacéis memoria, yo fui el primero en cantar tierra.

—Lejos de eso, Gonzalo. El primero fui yo. ¿Qué no lo recuerdas? Canté tierra a eso de las diez de la noche. Vi una especie de lumbre.

—Almirante, vos mismo dijisteis que había de ser tierra verdadera y no de espejismos, como la de los hermanos Pinzón.

El Almirante reflexionó un instante.

—Gonzalo, aún eres un niño, aunque creces a ojos vista, y los niños no necesitan dinero. Si quieres, puedo darte el jubón de seda.

—¡El jubón! —exclamé—. ¡Si yo ya tengo uno! ¡Dádselo a Rodrigo de Triana, que también dice que vio las Indias antes que nadie!

Y abandoné la cámara, dando un portazo.

Una hora después, el Almirante me buscó en la toldilla.

—Sé que estás disgustado conmigo, Gonzalo —me dijo—, por lo del premio. He pensado en eso y creo que tienes tu parte de razón. Pero diez mil maravedíes son muchos, y a mi me viene mal dártelos ahora. Hagamos una cosa. Cuando volvamos a España cargados de riquezas, y los Reyes me paguen lo que me deben por mis muchas fatigas y esfuerzos, te los desembolsaré.

Aunque parezca mentira, le creí. Por algo llaman a la infancia la edad de la inocencia.

El regreso

El resto del viaje es cosa sabida, gracias a una carta que el Almirante escribió a su amigo Luis de Santángel, y que fue publicada y traducida a muchos idiomas. Me limitaré, pues, a hacer un resumen.

Volvimos a desembarcar en Guanahaní y visitamos las aldeas del interior de la isla. El Almirante quería que los nativos nos sirvieran de guías, pero ellos se negaban a acompañarnos. Así que tomamos prisioneros a siete de ellos, que fueron amarrados en la proa de la *Santa María*.

Durante meses navegamos de una isla a otra. Pescábamos, nos aprovisionábamos de agua fresca y buscábamos oro. Tardamos en entender que los nativos solo querían alejarnos de sus aldeas, y que nuestros cautivos nos pedían que desembarcáramos con la única intención de escapar.

El Almirante bautizó nuevas islas: Fernandina, Isabela, Juana, que luego se llamaría Cuba, y que según él no era isla sino tierra firme, es decir, continente. A veces, atravesando la selva, llegábamos a una aldea recién abandonada por sus pobladores, que huían de nosotros. No había oro, sino máscaras de madera y unos perros extraños, que no ladraban.

Cuando los nativos que iban a bordo conseguían fugarse, tomábamos otros. Hablo en plural, aunque yo no participaba y ya me costaba bastante no ayudarles a huir. Era muy triste, porque gemían y se lamentaban de día y de noche. Les dábamos de beber nuestro vino, que se había agriado. Torres nos decía que estaban en guerra con el Gran Kan, a quien ellos llamaban Kami, y a su país Caniba, Caribata o algo parecido.

Un día capturamos siete mujeres, entre chicas y grandes. De noche se acercó a la *Santa María* el marido de una de ellas, pidiéndonos que le dejáramos ir con nosotros. Tanto imploró que el Almirante le dijo que sí, y consintió en atarlo junto a su mujer. Yo pensaba en Simonetta, y me decía que los sentimientos son iguales en todas las razas.

Para convencerlos de nuestra buena voluntad invitamos a un cacique, es decir, a un jefe nativo, a comer en nuestro barco. No debió de resultarle muy grato, porque al ver a nuestros cautivos su rostro se ensombreció y dijo que aquello estaba mal. El Almirante le explicó que ahora eran súbditos de Castilla, y que si no le obedecían de buen grado él tenía que someterlos.

Al despedirse, el cacique nos entregó dos piezas de oro labrado, a las que correspondimos con dos zapatos colorados y un frasco de agua de azahar. Nos aseguró que el oro no era de Cuba sino de otra isla, cuyos habitantes, con ayuda de antorchas, recogían nueces de oro en las playas durante la noche, para convertirlas en barras. Se comprende que aquello no tenía el menor sentido, pero el Almirante lo creía o fingía creerlo.

Llegamos a una isla llamada Bohío. El Almirante la rebautizó como La Española, porque nos recordaba en todo a España: los mismos peces, los árboles, las flores y los cantos de los pájaros. Vimos un río, y lo llamó Guadalquivir.

La noche de Navidad, mientras dormía, sentí un golpe brusco y un ruido como de desgarro. De repente la cubierta se inclinó a babor, y allá fuimos con nuestras esteras. Era que la *Santa María* había encallado en unas peñas, que apenas afloraban. Empezó a hacer agua, y comprendimos que tendríamos que abandonarla.

Al enterarse de lo ocurrido, los indios de los alrededores llegaron en sus canoas y nos ayudaron a descargar cuanto llevábamos a bordo. Tan bien se portaron que no echamos a faltar ni una aguja, y además nos ofrecieron todo el oro que tenían.

Uno, que me tomó gran simpatía, se empeñó en regalarme un ornamento de oro en forma de cara, que llevaba al cuello. Me apresuré a guardármelo en el bolsillo, antes de que el Almirante lo viese.

No podíamos contar con la *Pinta,* porque Martín Alonso se había separado de nosotros para navegar por su cuenta. Así que solo nos quedaba un barco. El Almirante decidió embarcarse en la *Niña* y volver a España. Pero antes mandó construir un fuerte.

Derribamos los árboles, quitamos la maleza y, con los restos de la *Santa María,* levantamos un poblado minúsculo, cercado por una valla. El Almirante se empeñó en llamarlo Navidad, en recuerdo de la noche en que habíamos embarrancado.

Treinta y seis voluntarios se quedaron allí, al mando del alguacil Diego de Harana. Uno de ellos fue Ruiz de Gama, el piloto de la *Niña,* con su grillo. También yo estuve a punto de quedarme, pero de pronto tenía un gran deseo de regresar a Sevilla y de ver a Simonetta. Fue una suerte, porque todos murieron. El Almirante encontró los cuerpos en su segundo viaje.

Al renovar las provisiones de agua por última vez vimos tres sirenas, que emergieron del río y se quedaron mirándonos desde la orilla opuesta. No sé llamarlas de otro modo, porque no eran mujeres ni tampoco peces, y al mismo tiempo tenían algo de unas y de otros. Me sorprendió que no cantaran. Aún hoy aparecen de vez en cuando en mis sueños, se tienden en la orilla y se lanzan al agua cuando me acerco a ellas.

A principios de febrero, encontramos los primeros vientos del Oeste, que debían llevarnos de regreso. Diez días después nos acometió una gran tormenta, y todos temimos por nuestra suerte. Los nativos que llevábamos a bordo no cesaban de llorar y de dar gritos. Como vimos que no sobrevivirían si permanecían en cubierta, los encerramos en la bodega.

Pasamos tres noches sin dormir, ensordecidos por el viento e intentando resistir el embate de las olas. El Almirante tenía las piernas casi paralizadas por la humedad y por el frío, y yo estaba atontado por la fatiga. Nos salvó la llegada a la Santa María, la más oriental de las islas Azores, donde permanecimos fondeados hasta que mejoró el tiempo.

La mejoría fue engañosa. Una nueva tormenta nos destrozó las velas, y estuvimos a punto de zozobrar varias veces. Para salvarse, la tripulación hizo voto de ayunar el primer sábado que pasara en tierra, y se encomendó a todos los santos.

Llegamos a palo seco, es decir sin velas, a la ciudad de Sintra, que está en la entrada del Tajo. La noticia de que una carabela española había vuelto de las Indias se había propagado ya por toda Lisboa. En los días siguientes, la cubierta de la *Niña* se llenó de curiosos que llegaban de lejos, para interrogarnos sobre el viaje y para ver y tocar a los indios.

Mientras se reparaban los daños del barco, el Almirante fue a ver al rey Juan de Portugal, que al parecer se mostró muy arrepentido por no haber financiado la empresa.

Volvimos al mar. A los pocos días, pasamos ante el convento de La Rábida y atracamos en Palos. Allí me despedí del Almirante, que se proponía ir en peregrinación a Huelva y a Moguer, en agradecimiento por haber salvado la vida durante la travesía. Me dio una carta de recomendación para Gianetto Berardi, me devolvió parte de mis ahorros y me prometió que pronto nos veríamos en Sevilla.

—Ahora ya tienes apellido —me dijo.

Y al preguntarle cuál era añadió:

—Gonzalo de las Indias.

Mientras subía por el Guadalquivir no hacía sino otear el horizonte. Confieso que casi me desmayé de gozo al reconocer el airoso remate de la Giralda.

La Casa del Océano

Busqué hospedaje en una fonda del puerto y, vestido con el jubón que el veedor me había regalado, me encaminé a la calle del Aire. Estaba decidido a no retroceder ante nada. Ya no era un cualquiera. Había estado en las Indias, había visto medio mundo, había arrostrado toda clase de peligros y dificultades. Había madurado, o al menos eso creía. Simonetta era muy libre de rechazar mi amistad si no le convenía, pero yo tenía derecho a hablar con ella y a saber por qué se negaba a recibirme.

Había otro portero, lo que allanaba las dificultades. Le entregué la carta del Almirante. Diez minutos después me recibía el propio Berardi, un hombre corpulento de cara ancha y nariz grande, que no podía ocultar su asombro.

—Mi amigo Colombo no me cuenta lo joven que eres —dijo con fuerte acento, al tiempo que me tendía la mano—. ¿Qué edad tienes?

—No sé la fecha exacta de mi cumpleaños, pero ya llevo mucho tiempo diciendo que tengo doce. Así que ahora puedo tener trece, o catorce.

—Feliz tú, que no llevas la cuenta —replicó él, y se rio.

Luego, cambiando de tono, me invitó a comer y me pidió que le contara el viaje con detalle.

Horas después, cuando en mi relato aún no había salido de la bodega de la *Niña*, escuché un rumor de pisadas y me levanté, creyendo que Simonetta se acercaba. No era ella sino una sirvienta, que llegaba para anunciarnos que la mesa estaba servida.

En el comedor solo había platos para nosotros dos.

—¿No tenéis una hija, señor Berardi? —le pregunté, desconcertado.

—Sí la tengo, pero está en Florencia. ¿Por qué lo dices?

Al saberla tan lejos, el corazón me dio un vuelco. Tuve que esforzarme para comer algo.

Intrigado por mi palidez y mi escaso apetito, Berardi me animó a hablar. Le expliqué mi relación con su hija, las muchas veces que nos habíamos visto bajo su techo, cómo me había enseñado a leer y a escribir, la brusca ruptura. No llegué a expresar cuanto sentía por ella, pero Berardi lo adivinó.

—Yo también he sido joven —me dijo—, y recuerdo cómo se siente uno a tu edad. Hace medio año recibimos una carta de mi hermana, que estaba muy enferma. Yo no podía dejar Sevilla por mis negocios, y decidimos que Simonetta fuera con su madre. Todo se dispuso en unos días. Ahora mi hermana se encuentra mejor, y no tardarán en volver. Como puedes suponer, estaba al tanto de las lecciones que te daba Simonetta. Solo sabía que eras un mozo de cuerda y que mi hija te dedicaba demasiado tiempo. Ahora veo que eres un buen chico. Pero a los padres siempre nos preocupan los amigos de nuestras hijas, ya me entiendes.

Me pareció que Berardi había contribuido a aquel viaje repentino a Florencia más de lo que decía.

De vuelta en su despacho seguí hablándole de las tierras que habíamos visitado y le confié mi sospecha de que podían no ser las Indias conocidas.

Tuve que interrumpir mi explicación, porque Berardi debía ocuparse de unos asuntos, pero me citó para la tarde siguiente.

Continuamos viéndonos durante varios días.

Comprendí que me había ganado su simpatía, y cuando vi que mis ahorros se acababan, pensé en él. Le llevé la carátula de oro que me había dado uno de los indios y le pedí que me ayudara a venderla. Él mismo me propuso una suma considerable, y se la quedó.

Esa muestra de confianza por mi parte, y el hecho de que siempre tenía cosas nuevas que contarle sobre nuestro viaje, le llevó a ofrecerme trabajo.

No esperaba de mí nada concreto, sino que estuviese a su disposición siempre que necesitara saber algo sobre las plantas, sobre las costas de las Indias o sobre el número de islas que habíamos visitado. Se esperaba también que estudiara algo de cartografía, y que aprendiese a trazar mapas.

Acepté, más que nada para estar seguro de volver a ver a Simonetta cuando regresase, pero también porque pronto descubrí que, después de tanto callejear y de tanta navegación, me sentía muy a gusto entre las paredes de un despacho, leyendo los libros de viajes que me prestaba Berardi y comparando las cartas náuticas.

Por aquellos días, el Almirante fue recibido triunfalmente en Barcelona, donde estaban los Reyes. Tras describirles nuestro viaje y las tierras ganadas en su nombre les presentó a los indios emplumados, con sus loros y perros silenciosos, que mucho agradaron a la Reina.

También les mostró el oro que había conseguido, que no era mucho pero sí variado: coronas, máscaras, ornamentos, cintos, pepitas y oro en polvo.

En días sucesivos, en sus salidas por la ciudad, el rey Fernando le invitaba a cabalgar a su lado.

—Quizá no lo sepas, Gonzalo, pero montar con el Rey es un privilegio reservado a los miembros de la realeza —me contó semanas después el Almirante, de paso por Sevilla.

Al parecer, había impresionado tanto a los Reyes con el espectáculo de los indios y con sus historias sobre lo cerca que había estado de Catay, Cipango y sus minas de oro, que le habían encargado una nueva expedición.

—Ahora podrás darme los maravedíes del premio —le dije.

—No ahora, sino cuando me paguen los dineros que me deben.

Siempre fue igual: cuando me paguen; cuando haga cuentas; cuando sepa a cuánto ascienden los gastos...

Precisamente había venido a Sevilla a hablar con Berardi, y para pedirle que le ayudara a financiar la nueva expedición.

Berardi quería un informe veraz sobre las posibilidades de esa expedición y las oportunidades de comercio con las tierras descubiertas. Lo escribí y se lo di. Lo cierto es que, en aquel momento, yo sabía tanto como el Almirante. ¿Acaso no me había dictado el diario? ¿No conocía yo sus temores, sus dudas? ¿No estaba yo al tanto de que había alterado las cuentas de las leguas y cambiado muchas veces de rumbo, para desorientar a todos?

Me habría gustado decirle a Berardi que habíamos visto las calzadas de mármol y las techumbres de oro que Marco Polo había descrito, pero no era cierto. Y, sin embargo, el escenario estaba lleno de promesas. Había mucho que hacer en las nuevas Indias, si uno se llevaba bien con los nativos y no se obsesionaba con el oro.

Berardi decidió ayudar al Almirante, y, al mismo tiempo, preparar el camino de otras expediciones que explorarían rutas distintas. Por esa razón llamó a Sevilla a Amerigo Vespucci, que años después descubriría el golfo de las Perlas y le sucedería al frente de sus negocios.

Pero ya estoy adelantándome otra vez.

Desde mi regreso a Sevilla, evitaba los alrededores de la catedral. Por nada del mundo quería pisar las gradas ni pasar por el lugar donde Juan había muerto.

Pero, una tarde, sin darme cuenta, me encontré al pie de la Giralda y lo reviví todo. No me gustó, pero de algún modo me hizo bien. Comprendí cuánto había cambiado yo y que mi vida hasta entonces había tenido un sentido.

No vi a los chicos de la cuadrilla, pero sí al ciego, que seguía en su sitio, quieto como una estatua y al mismo tiempo atento a todo lo que sucedía a su alrededor. Me permití el lujo de pasar a su lado y de echarle una moneda al sombrero. Esta vez no me increpó, quizá porque mis pisadas le parecían otras y más firmes.

Un día, estando yo en casa de los Berardi, la puerta se abrió y entró Simonetta. Al principio, me costó dirigirme a ella, porque había pasado mucho tiempo y de pronto me sentía menos seguro, pero en cuanto sus padres nos dejaron solos las palabras brotaron como una fuente, porque teníamos mucho que contarnos, y empezamos a hablar sin ton ni son.

Puede decirse que desde entonces no hemos dejado de hacerlo, porque pocos años después de mi viaje a las Indias me casé con ella.

Ahora somos los orgullosos padres de una niña y un niño.

Hace tres años, la Casa del Océano abrió sus puertas, aquí, en los Reales Alcázares, con el fin de poner un poco de orden en los viajes a las Indias, pertrechar las naves, trazar mapas, dar licencias y examinar a los pilotos. Hacía falta alguien con experiencia, y me dieron el puesto de Cosmógrafo de la Casa, que es bastante aburrido y me da tiempo para escribir.

De vez en cuando, Simonetta se ríe por lo bajo y me dice aquello de:

—Quien se fue de Sevilla, perdió su silla. Quien fue y volvió, la recobró.

Los dos sabemos a qué se refiere, pero los niños no. Entonces nos hacen preguntas, y yo les hablo del Almirante de la Mar Océana.

El envoltorio

Acaban de entregarme el envoltorio, sellado con lacre, que me ha enviado Hernando Colón desde Valladolid.

¿Serán los diez mil maravedíes, por fin, o el Almirante habrá tenido una última ocurrencia? Conociéndole, bien podría tratarse de una pieza de oro, tal vez uno de los aros que los nativos llevaban en la nariz o aquella figurilla de madera que encontramos flotando en el mar, y por la que parecía sentir un extraño cariño.

No, no son los maravedíes —el Almirante se ha ido de este mundo sin pagar esa cuenta—, sino una pequeña figura de piel pespunteada.

Es un caballo de color tierra, enjaezado con una brida y otros adornos de lana de colores.

Al principio no he entendido su significado.

Luego me he dado cuenta de que es una versión, aunque en miniatura, del caballo moro que mi padre me había prometido.

No sé quién lo hizo. Tiene un aspecto primitivo, aunque está muy trabajado. Quizá sea un juguete, adquirido en un bazar o hecho por algún indio cautivo.

¿Me lo envió para reconciliarse conmigo, para decirme que recordaba nuestras conversaciones, que me quería?

Pienso en el Almirante tal como le vi aquella mañana en que tomó posesión de la isla de Guanahaní, erguido en la proa del batel, con la mirada puesta en la línea de árboles que empezaba a emerger entre la bruma, o quizá más lejos.

FIN